群文漫路

戴东明 著

吉林文史出版社
JILIN WENSHI CHUBANSHE

图书在版编目（CIP）数据

群文漫路 / 戴东明著. -- 长春：吉林文史出版社，
2023.8
ISBN 978-7-5472-9622-6

Ⅰ. ①群… Ⅱ. ①戴… Ⅲ. ①曲艺-作品综合集-中
国-当代 Ⅳ. ①I239

中国国家版本馆 CIP 数据核字（2023）第 177742 号

群文漫路

QUNWEN MANLU

著者/戴东明
责任编辑/王新
封面设计/力扬文化
印装/四川科德彩色数码科技有限公司
开本/710mm×1000mm　1/16
字数/218千字
印张/22
版次/2023 年 10 月第 1 版　2023 年 10 月第 1 次印刷
出版发行/吉林文史出版社（长春市净月区福祉大路 5788 号）
网址/www.jlws.com.cn
书号/ISBN 978-7-5472-9622-6
定价/85.00 元

2019 年 9 月 28 日金华市金东区文学艺术界联合会第一届委员会委员合影
（作者右二）

2019 年 3 月 17 日，在多湖街道十二里村文化礼堂召开区曲艺家协会全体
会员大会

　　2022年春节前夕（1月28日），看望金华市八届曲协老主席、恩师章竹林老前辈

　　2022年春节前夕（1月30日），看望金华市级非遗金东小锣书代表性传承人、金东区曲协老主席施水云老前辈

　　2022 年 11 月 18 日，与国家级非物质文化遗产义乌道情代表性传承人叶英盛在"望道书场"

健康向上的，社会呼唤的，
群众爱看的，给人希望和
力量的，就是我们所追
求的。

贺戴东明作品集出版

金华市曲艺家协会原主席章竹林

二〇二三年二月一日

贺信

东明，你好！

欣闻你要出版个人作品集，我代表省曲协和个人表示由衷祝贺！

你，是我们浙江省曲艺家协会的会员，从走上工作岗位到今天，单位换了很多。但不管调到哪个部门，你都热爱着曲艺，喜欢着曲艺，曲艺也一路陪伴着你，你和你的作品一直陪伴着当地的老百姓。三十五年来，你能一直投身在这样一个暖心的曲艺圈中，我能感受到你的幸福和快乐。你永远是我们的会员，会员是终身制的。为你鼓掌！

你，是我们金东区曲艺家协会的主席，兼任五年来，你带领会员队伍，在开展地方曲艺（金华道情）的抢救保护传承工作中不遗余力；在探索道情进企业、道情流动书场、道情"唱"游婺江等活动中"有声有色"；在原来孝顺镇和风书社、曹宅镇北麓书院的基础上，你又继续推进澧浦镇积道书场和岭下镇坡阳书堂的建设，促成地方曲艺"四大阵地"稳固提升。你工作亲力亲为，我们为你点赞！

　　三十五年来，你很勤奋，自己动手创作了许多段子，既配合中心工作完成了宣教任务，也为当地百姓带去了几多欢乐。更重要的是，为同行和基层文艺骨干提供了可用的现成脚本，为基层的文化工作做出贡献。多年付出，可谓是实用满满、贡献满满、口碑满满。一路走来，有欢乐、有艰辛，有人懂你，有人疼你，你值了！

　　这次，你敢于把多年来的创作积累改出来、用起来，并装订成册，完美起来，我为你高兴。你的作品集会产生无限价值，把它留下来，让喜欢曲艺的人，在你的作品集中发现所需。这部作品集一定会为金华和浙江的曲艺事业发展和繁荣发挥它的积极作用，再次祝贺你！

　　东明，演曲艺在你这样的年龄是黄金时期，写曲艺更是年轻有为时。出书并不是搁笔休息，而是告别"小学"，继续"中学"，再上"大学"时，让我们一起努力，把"作业"做得更好。

　　礼！

2022年9月16日于杭州

中国曲艺家协会副主席

浙江省文联副主席

浙江省曲艺家协会主席

每个人，与生俱来就有自己的特质潜能。

小时候的我，有过诸多的兴趣爱好，但大多是一念之间。可有一样，它经常闪现在我的生活中。兴趣爱好闪光点，遇见特定环境，特有土壤的哺育、激发、催化，就会一闪而爆，打开特质潜能这扇大门，努力、勤奋加坚持，就能到达成功的彼岸。

曲艺，影响了我，让我痴迷！曲艺，成就了我，让我出彩！

当我第一次看见电视里两个穿长衫的"搭档"，你一言我一语地说相声，我很激动；当我第一次在村上代销店里，听见眼睛残障的表舅舅唱金华道情，我很崇拜；当我自己尝试编好一段方言顺口溜，迫不及待地飞奔去代销店大声朗读，收到围观人的掌声时，我很快乐；当我获得学校校长容许，去全校各班级巡演的时候，我很荣耀；当我站在舞台上，唱一句顺口溜台词，观众爆发出笑声时，我好过瘾；当我组团骑着自行车，带队下乡演出，被冠以"文艺战线上的轻骑兵"称谓时，我感到骄傲；当我获知自己在文化干部招聘考试名列前茅，即将正式走上工作岗位时，我几近疯狂；当我在工作间隙，受同事们极力要求，即兴表演一段小曲艺时，我乐此不疲；当我应邀去当主持人，为某某单位创作曲艺段子，或去开会、培训、观摩、当评委时……我很知足感恩！

曲艺，让我拥有了快乐、骄傲、无悔的人生！

我是1992年浙江省文化系统最后一批招聘的全额拨款事业身份的文化站干部。起初生活坎坷，工作调动频繁，在多个岗位有过多重历练，迄今已辗转了13家单位（见后记）。但，我对曲艺的激情初心，没有因前路坎坷不平而改变；对群文的担当使命，未因风雨遥迢而褪色，始终没有泯灭参与组织群文工作的热忱，一直没有终止曲艺创作的习惯。到哪儿写哪儿，遇啥写啥，尤其配合党委、政府的新思想、新政策、新工作，紧密配合宣传着，也确实日积月累了一些曲艺作品来。

我的性格率真豪放，直言不讳，不够圆滑。这种性格决定了我的作品风格。加上水平有限，毕竟不是出自"名门正宗""科班正统"，我深知自己作品的含金量，与众多前辈、新秀相比，相差万里。我将自己的作品集称为《群文漫路》。

仁者见仁，智者见智。领导、同事、朋友经常鼓励我说："老戴，你的作品贴近生活，从作品背景轨迹中，能感受到你扎根基层的孜孜不倦和痴心不改；你的作品喜闻乐见，能反映出一名基层群文工作者忠诚配合党委、政府中心工作的初心使命；你的作品通俗易懂，能探见城乡融合、乡村振兴带来的提升巨变；你的作品朗朗上口，有实操性，能给基层文艺团队、文化礼堂提供创作演唱资料的借鉴参考。"

群文漫路

最值得欣赏的风景，就是自己奋斗的足迹！

我现在年龄大了，特别怀旧。身边的领导、同事、朋友又不断地善意"怂恿鼓吹"我。回想自己一辈子的"东调、西借、南征、北战"，能看得见的，只有这些曲艺小段了，丢弃掉，确实挺可惜的。

今年6月，我开始了对现在手头尚有文档的文字整理并编辑成册，把曾演过的作品视频，托人剪辑成集，想届时赠予他人。

人生不只有眼前的美丽，也不只有个人的美好，还有诗和远方。

我的作品集，愿能满足眼下农村、社区文艺团队日益增长的文化需求，愿能补给文化礼堂管理团队对文艺资料的渴求，愿能起到抛砖引玉的作用，博你一阅，伴你愉悦，启发一批致力从事文艺、曲艺创作和表演的后来人。

毕竟学识有限，可又觉得弃之可惜，整理时间匆忙，错误在所难免。请您多包容，予理解，常联系，求斧正！

在此，我特别鸣谢鼓励我编书、扶助我出书、阅读我的书的人！

2022年9月3日于岭下

目录
CONTENTS

01 金华道情小锣书

02 音乐歌舞小快板

03 文案方言顺口溜

04 时事宣传三句半

05 小品小戏小剧本

06　相声论文数来宝

07　应时应景小片段

后记

金华道情小锣书

作者（左）与国家级非物质文化遗产金华道情代表性传承人朱顺根（右）在一起

争做文明金华人

——男女道情

女唱：情筒一拍当当响，

　　　放开喉咙唱开场。

　　　金华城市要考试，

　　　整个金华都在忙。

男唱：城市忙，社区忙，

　　　小区楼道美化忙；

　　　农村忙，干部忙，

　　　房前屋后整治忙。

　　　上忙下忙，前忙后忙，左忙右忙，你忙我忙，

　　　吼吼，全国文明城市创建——真当忙！

女表：有人要问了：忙！忙！忙！创建全国文明城市有这么重要吗？

　　　不错，非常重要！全国文明城市，是由中央来评咯喂，是中国城市品牌含金量最高、难度最大、整体文明水平最高的荣誉。所以我们一定要加油努力！一举拿下全国文明城市的称号。大家有没有信心？

男表：有！

男唱：开车礼让讲文明，

不扔东西不乱停，

骑行出行不串道，

不闯红灯不逆行。

女唱：公交车上要让位，

等车排队讲秩序，

进出电梯不争抢，

先出后进要礼让。

男唱：花花草草要爱护，

公共设施要维护，

花坛绿地不种菜，

不乱贴来不乱涂。

女唱：文明上网很重要，

不诽谤，不造谣，

家家门前要"五包"，

对待别个有礼貌。

女表：同志们，《金华市民文明公约》一共有八个方面的具体内容，

分别是：开车规矩、出行有序、待人礼貌、爱护公物。

男表：还有个人形象、邻里关系、节俭新风、垃圾处理，各位居民

一定要一同参与。

女表：对！

女唱：公共场合不吸烟，

衣裳穿起洁灵灵，

口中有痰不乱吐，

群文漫路

咳嗽喷嚏不对人。

男唱：隔壁邻居讲和气，

　　　为人处世有诚信，

　　　不养鸡鸭不养猫，

　　　房前屋后及时清。

女唱：节约水电养习惯，

　　　不剩饭菜要光盘，

　　　红白喜事节俭办，

　　　烟花爆竹禁燃放。

男唱：生活垃圾要分类，

　　　投放准确分到位，

　　　楼道过道不占用，

　　　房前屋后不乱堆。

男表：同志们，"美丽金华是我家，文明创建靠大家"，大家一定要：

　　　从现在做起，从小事做起，传承文明，实践文明，为金华创

　　　建全国文明城市做贡献！

合唱：一个党员一面旗，

　　　楼上楼下风声起；

　　　一个社区一盘棋，

　　　志愿团队同助力；

　　　尊敬他人便是尊敬己，

　　　与人方便就是方便己，

　　　文明要从细节来做起，

争做金华文明人，

城市因您更魅力啊更魅力！

（2018年11月26日，由金华市委宣传部、金华市创建办、金东区委宣传部、浙报集团金华分社联合金东区新闻传媒中心、金东区文联推出视频节目，由道情艺术非遗传承人胡云钱和曹览仙表演。在金华创建全国文明城市工作确保首战首胜的关键阶段推出，旨在进一步营造全民参与、全民共建的良好氛围。推出三天，点击量达16万，现点击量为32.8万次。）

金华道情传承人胡云钱、曹览仙在金东区原多湖街道门口拍摄花絮

人文坚守在金东

——群口道情

曹唱：敲起情筒当当响，

清清喉咙闹开场。

一方水土一方人，

和美金东美名扬。

胡唱：小小金东善作为，

希望新城大能量。

金东儿女多奇志，

人文精神代代传！

王问：等下，不会的哦？我记得，金东区人文精神好像还没有的喂？

朱表：对咯！好像还没有喂！

王表：我便晓得："信义和美、拼搏实干、共建图强！"

曹表："信义和美、拼搏实干、共建图强"是新时代金华精神咯，和金东区人文精神，不是同一件事哇！

王朱：哦，"新时代金华精神"和"金东人文精神"，是不同的两件事？

胡表：对！听我讲，金东区的人文精神，现在已经有了规范的标准表达，是金东区各行各业都参与大讨论，最终提炼的结果。

王朱：当真的？

曹表：当然的，区委区政府都已经发布啦！我们金东的人文精神啊，
其实是随时随刻都存在的！

王表：一下说标准还没有，一下说已经发布了，一下说随时随刻有？

朱表：对咯，么到底有没有？

胡表：有咯，金东的人文精神随时随刻都存在！

王表：哦，么，侬两个唱来听听看？

胡表：好咯，么我先唱——

胡唱：先唱金东名人榜。

金东名人一大帮。

名人个个是榜样，

人文精神闪金光。

曹唱：南宋名臣郑刚中，

抗金名将大英雄；

天文学家张作楠，

著书立说千千万。

胡唱：伟大诗人是艾青，

激励引领几代人；

音乐家，施光南，

改革开放是先锋；

他的爷爹施复亮，

是最早参与革命活动的共产党。

曹唱：还有那——

大明开国文臣之首叫宋濂，

博览群书借阅抄录不停歇，

宁愿饥饿死，决不贪利活，

德才兼备，青春年少树榜样。

胡唱：傅村有个山头下——

南朝文坛领袖有沈约，

宋朝科学巨匠有沈括。

袖珍古村建筑有历史，

池塘八卦迷宫有玄机。

曹唱：金东名人多得紧，

人人身上出精神，

勤奋好学争第一，

爱国爱党爱人民，

不怕困难勇争先，

敢为人先敢创新。

王表：哦，我侬听懂了。

朱表：么，我侬也晓得了，侬俩现在唱的是金东的名人。么，金东

还有好多特色名产、风景名胜喂！

曹胡：对啦，名人、名产、名胜古迹都孕育着金东的人文精神呢。

王表：么，我们也来唱？

朱表：好咯，侬先唱——

王唱：小小金东显神通，

特色名产多得凶。

风景名胜到处有，

人文精神一路传承中。

朱唱：千年古刹大佛寺，

北山赤松大仙宫。

木版年画出含香，

古婺窑火在江东。

王唱：澧浦苗木绿葱葱，

甜蜜蜜的白桃出源东。

岭下毛芋有名气，

横腊花海引来"蜂叮蜂"。

朱唱：小小金东显神通，

项项工作争先锋。

居家养老实现全区全覆盖，

垃圾分类七次上了中央电视台。

王唱：新农村建设赛拼冲，

花花世界出源东。

琐园、蒲塘、山头下，

厅上、新屋、四大门。

施光南的故居在东叶，

艾青故居喜相逢。

朱表：哦嗬，真是，不说不笑不热闹，不唱不叫不知道。金东风景

这边独好，靠的就是，人文精神传承坚守得牢！

众合：对！金东风景这边独好，靠的就是，人文精神传承坚守得牢！

朱问：么金东人文精神到底是啥东西呢？

曹表：耕读求真！

胡表：实干创新！

王表：包容奋进！

朱表：哦，金东人文精神，就是十二个字：耕读求真！实干创新！包容奋进！

曹胡：对！

众合：情筒一敲当当响，

　　　放开喉咙唱开场。

　　　一方水土一方人，

　　　和美金东美名扬。

众合：小小金东善作为，

　　　希望新城大能量。

　　　金东儿女多奇志，

　　　人文精神代代传！

（2019年5月12日第一稿，2020年1月20日第二稿，由金东区文学艺术界联合会摄制推出视频节目，由胡云钱、曹览仙、王惠仙、朱跃文出演，参与当时"金东区人文精神"大讨论活动氛围营造。）

作者（右）与恩师章竹林（左）在乌镇

古婺金华桥连桥

—— 金华道情

唱：城市有机更新快，

　　一浪更比一浪高。

　　发展浙中城市群，

　　金华的市政建设步步高。

唱：三江六岸园连园，

　　江南江北桥连桥，

　　桥桥飞架通南北，

　　阿郎金华景色好。

表：阿郎金华景色好，

　　江南江北桥连桥。

　　市区顶早是通济桥，

　　建造年代是元朝，

　　西峰寺的和尚叫宗信，

　　四处化缘筹钞票。

　　前后用了四十年时间，

　　终于建成金华第一桥啦。

唱：通济桥，历史已有七百年，

岁月沧桑资格老，

前后三次大修建，

年年岁岁、岁岁年年换新貌。

唱：通济桥，也是英雄的桥，

2007年，孟祥斌，

纵身一跳成英豪，

舍身救人风格高，

全国人民都晓得，

金华人民的骄傲！

表：当时前后三次，改造通济桥，

拆除了南市街的龙渎桥，

合并了城南桥，

成为江南江北的主干道。

唱：通济桥，英雄桥，

西面还有金虹桥，

河盘桥、西关桥；

还有一座花花绿绿的双龙桥。

双龙桥，真妖娆，

不愧是，当年华东的第一桥啊。

唱：金华人民觉悟高，

一心一意听号召。

当年集资热情高，

家家户户有功劳。

双龙桥，连接了江南和江北，

还有开发区、火车站、汽车站，

成为了……江南江北大通道啊……

唱：城市建设速度快，

离不开城市道路和大桥。

江南江北已连接，

金东成为一块宝。

打通宾虹桥，拆迁飞机场，

发展大江东，改造金婺桥。

金婺桥，便是金华第一的铁索桥，

成为了，三足鼎立的新地标啊！

表：（普通话）

请你顺着金婺大桥南边看，

还有李渔桥、丹溪桥、洪坞桥，

再往金婺大桥东边走着瞧，

还有宏济桥、复兴桥、日本桥。

唱：宏济桥也是大名鼎鼎的上浮桥，

日本桥，便是日本佬攻打金华造的桥。

现在只有桥墩，没有桥，

日本鬼子的血海深仇……

子孙后代都要记牢！

一直向东走还有东关桥、康济桥、永济桥，

桥桥连接金东区，

金东日子越过越逍遥!

唱：现在生活水平高，

三江六岸景色好。

出门散步走一走，

金华新增的景色真不少啊……

喏! 喏! 喏! 特别是……

开放了，燕尾洲景观步行桥啊!

唱：这座桥，危险闹，

张牙舞爪像龙灯，

景观桥的创意很精妙，

设计大师金华人，

来自我们熟悉的白龙桥啊!

表：除了这座景观桥，

金东还有"网红桥"。

北通建筑公园、大喜城，

南通艾青公园、区政府啊!

唱：桥上还有太阳能、充电桩、

售货机、图书馆、

照片打印机、投币望远镜，

还有 LED 屏、玻璃台、

喷雾灯光咖啡机。

唱：人气商气不得了，

大人小孩都好搞。

景观桥，人如潮，

网红桥，乐逍遥，

大家休闲散步真美妙，

成为了江南、江北、江东三个姨夫桥啊！

唱：阿郎金华好地方，

年年都有大变样。

邀请侬来金华嬉，

美丽金华看今朝来看今朝！

（2022年5月9日创编，本文由区级金华道情传承人朱跃文演唱，金华市拾帧文化传媒有限公司录制视频。）

年年岁岁 岁岁年年换新貌

"艾青"的由来

——金东小锣书

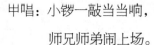

甲唱：小锣一敲当当响，

　　　师兄师弟闹上场。

乙唱：今天不卖梨膏糖，

　　　专把金东大名鼎鼎的伟大诗人艾青

　　　——来宣讲！

甲表：伟大诗人艾青，在中国新诗发展史上，是继郭沫若、闻一多

　　　等人之后又一位推动一代诗风，并产生过重要影响的诗人，

　　　在世界上也享有盛誉。

乙表：对咯！艾青是我们金华金东区的骄傲，是傅村镇畈田蒋人，

　　　原名叫蒋正涵，字养源，号海澄。曾用笔名我加、克阿、林

　　　壁等，艾青的笔名只是其中之一。

甲表：哎，那艾青为什么会这么出名呢？

乙表：对，那艾青他又是怎么出名的呢？

甲表：听阿郎师兄师弟，敲起小锣慢慢唱——

甲唱：艾青出生金东傅村畈田蒋，

　　　地主家庭有田有地有家产，

　　　娘胎肚皮三天三夜才出世，

隔壁邻居长辈认为不吉利，

算命先生也讲这个小鬼克爹娘！

乙表：哦吼，封建迷信思想这么重的？

甲唱：是啊，危险重哦——

封建迷信算命先生真荒唐，

规定艾青不能认自己的亲爹娘，

对自己的父亲只能叫叔叔，

对自己的母亲只能叫婶婶，

不能叫爸爸、妈妈、爹或娘。

乙表：哦吼，封建迷信还真有六亲不认的啊？

甲表：是哇，为了避免克爹娘，还索性把艾青扔出去，寄养到十分
贫苦的大堰河家中。

乙表：对啰，这个"大堰河"就是艾青的奶娘。

甲表：对了，以前穷人穷，自己的名字都不太看重，这个奶娘是由
隔壁大堰河村嫁过来的，所以就叫大堰河了。

乙唱：大堰河是好奶娘，

勤劳朴实心善良；

晒豆晒麦晒谷子，

操劳饭食补衣裳；

切草喂猪喂艾青，

不畏艰苦性格强；

不信神鬼不信命，

不因艾青受冷淡。

为艾青，噼里啪啦做起冻米糖，

为艾青，省吃俭用做起新衣裳，

为艾青，挑灯陪伴画起关云长，

为艾青，亲手把画贴在灶边的墙头上。

对待生活有希望，

艾青从小受感染。

甲表：艾青出生在1910年，算算今年刚好111岁了。在奶娘大堰河家整整生活了5年。5岁时，地主父亲蒋忠樽叫他去念书，艾青才离开大堰河的家。哪里知道？过惯了贫苦农民家庭生活的艾青，还是经常带着满身的尘土泥浆回家，已经过不惯自己地主家的生活，经常偷偷地跑到奶娘大堰河家里去。

乙表：艾青就算回到自己地主的家里，也喜欢同雇农大堰河的第三个儿子睡一起。长大后的艾青，更是坚定地站在贫苦农民的立场上，对哺育他的善良、勤劳、坚强的大堰河表现出深厚的情谊和无限的敬仰。

甲唱：艾青不愧是好青年，

勤奋刻苦追思贤。

18岁，考入杭州国立西湖艺术院，

19岁，奔赴法国去留学，

22岁，回国加入中国美术家联盟，

在上海从事革命文艺活动不幸被捕。

乙表：（低沉地）那一年刚好是1933年，艾青在上海从事革命文艺活动，不幸被捕，关在上海监狱中。1月14日清晨，艾青透过窗户，望着满天纷飞的大雪，他思绪万千，想起了家乡，想起了童年，想起了养育过自己的保姆大堰河，要来纸笔，他写下伟大的诗篇《大堰河——我的保姆》。

甲朗诵："大堰河，是我的保姆。

　　　她的名字就是生她的村庄的名字，

　　　她是童养媳，

　　　大堰河，是我的保姆。"

乙朗诵："我是地主的儿子；

　　　也是吃了大堰河的奶而长大了的

　　　大堰河的儿子。

　　　大堰河以养育我而养育她的家，

　　　而我，是吃了你的奶而被养育了的，

　　　大堰河啊，我的保姆。"

甲表：《大堰河——我的保姆》是1933年艾青第一次用"艾青"的笔名发表的长诗，感情诚挚，诗风清新，轰动诗坛，一诗成名。

乙表：好，那艾青他为什么要用"艾青"的笔名发表长诗呢？

甲表：你想知道艾青他为什么笔名用"艾青"？

乙表：对！艾青他为什么笔名用"艾青"？

甲表：你听好！

乙表：你来吧！

甲唱：艾青他，为什么笔名用"艾青"？

因为他，有满腔热血的爱国心！

三三年，满天飞雪冷冰冰，

在监狱，他是家国情怀涌上心，

一气呵成写完《大堰河——我的保姆》，

要在长诗后面写上自己的大名蒋正涵。

乙表：对啊！咋就变成"艾青"了呢？

甲表：正当他，将蒋正涵的"蒋"字的"草"字头写下后，他停下
了笔。

乙表：他为什么停下了笔呢？

甲唱：因为他，想起了蒋介石背叛了大革命，

因为他，想起了共产党遭迫害，

因为他，想起了身陷监狱受苦难，

因为他，想起了不能和蒋介石同姓氏。

为了报复蒋介石，

为了反抗蒋介石，

便在草字头下打个叉，

这一"叉"便成"艾"姓啦。

乙表：哦，那还有"青"字呢？

甲唱：因为艾青出生于十二月，

"十""二""月"三字组合起来

刚好是"青草"的"青"。

他的笔名叫艾青，

满腔热血爱国心！

立场坚定有决心!

更是代表了他的重生!

（本文为2021年3月5日—9月11日作者从新区开发建设中心借调到江岭指挥部工作期间创作。）

2021年5月30日金东曲协理事会到艾青故里采风

天下无毒万年青

——男女道情

女唱：情筒一拍当当响，

金华道情唱开场。

今天不把别的唱，

专把禁毒条例来宣讲！

男白：哦吼，横（很）危险咯（方言，"这么狠咯"）！几时出台禁

毒条例啦？

女白：对，浙江省已经出台并施行禁毒条例啦！

男白：好咯，对国家社会的和谐稳定是有利的！

女唱：禁毒条例起草早，

2001年6月，

出台了第一稿，

通过一次修正、二次修订，

今年5月1日正式施行了！

男白：好啊！好得紧！

男唱：禁毒条例出台好，

全民学习掀高潮；

禁毒条例学习好，

违法犯罪能减少；

禁毒条例施行好，

国家社会稳固牢！

女白：这次禁毒条例历经20年出台，

有明显的三大特征。

男白：么你唱来听听咯？

女唱：禁毒条例出台好，

两项首创要记牢：

一项是，针对吸毒人员的管理更周到，

施行了，综合风险评估管理差别化；

一项是，针对中小学生的管教很重要，

特别是，禁毒知识考试列中考。

男白：哦吼，这个倒是十八力（方言，形容某事特别厉害）咯！考高中，

算总分了喂！

女唱：禁毒条例出台好，

三个率先要记牢：

率先提出数字化，

禁毒管理功能更细化；

率先提出列征信，

个人信用拉黑很可怕；

率先提出省内资源共享化，

戒毒场所、机构、人员更强大！

男白：哦吼，不得了、不得了啊！

男唱：老实做人总不咋（错），

碰着毒品便死吓（死蟹，形容没希望了），

禁毒知识要中考，

送分题目要悔肚夹（拉肚子）；

征信拉黑不能借钞票，

出门旅游不能坐飞机坐高铁，

这种日子不好过，

老实做人总不咋（错）！

女白：禁毒条例除了两项首创、三个率先，还有四大突破呢！

男白：好咯，

你继续唱，听听道情便是学习哇！

女唱：禁毒条例出台好，

四大突破要记牢：

创建整治出新规，

部门重点职责要守牢；

攻克病残收治难，

严重疾病的戒毒人员要优保；

禁毒社工要招考，

禁毒执法队伍上轨道；

涉毒从业受限制，

特殊行业管控牢！

男唱：奉劝朋友记灵清，

娱乐场所顶祸根，

乌烟瘴气藏毒品，

火眼金睛要辨明；

出租房屋人员杂，

吸毒贩毒容易生。

发现问题要报警，

争当觉悟好市民！

女唱：奉劝朋友记灵清，

毒品繁多换代频。

鸦片病毒海洛因，

吗啡大麻可卡因，

浴盐笑气蓝精灵。

毒品很有隐蔽性，

禁毒知识要学紧，

远离毒品爱生命！

男白：好咯！

男女合：奉劝朋友记灵清，

禁毒知识要学紧，

远离毒品爱生命，

幸福生活万年青！

（2022年5月8日，应金东公安禁毒大队稿约，写在浙江省禁毒条例5月1日颁布实施之际，由朱跃文、严娇芝演唱，金东公安发布。）

十劝朋友来禁毒

——方言道情

情筒一拍当当响，
金华道情亮开场。
今天不把别个唱，
专把禁毒来宣传。

一劝朋友记灵清，
浙江出台新规定。
禁毒条例修端正，
五月一日已施行。

二劝朋友记灵清，
万恶之源是毒品。
毒品毒品危害大，
警钟时刻要提醒。

三劝朋友记灵清，
天上不会掉馅饼。
地上有时是陷阱，
食品毒品要分清。

四劝朋友记灵清，
条例学习要认真。
发现涉毒要汇报，
争当觉悟好市民。

五劝朋友记灵清，
教育子女重品行。
禁毒知识列中考，
祝他考个第一名。

六劝朋友记灵清，
平时乌烟是毒品。
不种不吃不触碰，
铲除毒品不留情。

七劝朋友记灵清，
娱乐场所是祸根。
乌烟瘴气藏毒品，
火眼金睛要辨明。

八劝朋友记灵清，
出租行业是典型。
毒品交易容易生，
发现问题要报警。

九劝朋友记灵清，
涉毒人员列征信。
从业资格有严禁，
禁毒条例写得明。

十劝朋友记灵清，
毒品有了隐蔽性。
更新换代品种多，
禁毒知识学要紧。

朋朋友，滴滴亲，
不是朋友不关心。
十劝朋友唱端正，
请大家——
远离毒品——珍——爱——生——命！

（2022年5月6日9时35分使用手机编写，应金东公安禁毒大队稿约，写在浙江省禁毒条例五月一日颁布实施之际，由金东公安发布，朱跃文演唱，后提交至省禁毒办，7月14日由金东公安推送至"学习强国"。）

活力曙光美名扬

——群口道情

引子：夹子音来筒子音，

　　　手捧渔筒表道情。

　　　道情唱点啥东西？

　　　各位朋友听灵清！

领喊：哎……姐妹们，来哦！我们来唱道情哦！

众接：来啰！

A白：我们今天唱点什么呀？

B白：喏！唱一唱我们曙光小学建校八周年！

众白：对！唱一唱我们曙光小学建校八周年！

众唱：秋风爽爽丹桂香，

　　　满怀豪情唱曙光。

　　　曙光建校八周年，

　　　特色办学听我讲！

众唱：早上书声琅琅，

　　　中午翰墨飘香，

　　　下午各展其长，

　　　每天健康阳光。

甲乙：先来讲讲书声琅。

　　　天早一到教室里，

　　　诗词歌赋开天启，

　　　经典名著伴成长！

　　　班级读书五课型，

　　　四大系统建构新。

　　　省里书香推进会，

　　　曙光小学摆擂台。

丙丁：再来讲讲翰墨香，

　　　午饭吃过梦课堂。

　　　书法练字有校本，

　　　省级特色美名扬！

　　　学生作业可免检，

　　　可免检？不会吧？

　　　真当格，不相信，

　　　可以问问区教研室。

Ａ Ｂ：各展其长我来讲，

　　　俱乐部里项目广。

　　　舞蹈房里尽情跳，

　　　篮球场上我来抢。

　　　垫球个个有模子，

　　　跳绳人人会花样。

　　　田径场上跑得欢，

丰富活动放梦想。

ＣＤ：羽球乒乓葫芦丝，

英语航模跆拳道。

学生人人能选到，

能选到，心欢畅。

合唱：孩子身体超级棒，

心理状态顶阳光。

曙光学子最幸福，

国家未来有希望。

领白：哎……姐妹们，学校特色四句话，

句句说话讲明白，接下来还要讲点儿啥？

众接：雷锋、雷锋、雷锋哇！

领白：对！朋友们，曙光小学建校八年来，校容校貌日新月异，教

育品质突飞猛进。特别是，2009年3月建成的雷锋纪念馆，成

为我们学校的立校之本！

众白：对！"用雷锋精神，建校育人！"

甲乙丙丁：文明之花开曙光，

雷锋精神放光芒。

大家一起学雷锋，

墙内开花墙外香。

ＡＢＣＤ：雷锋铜像厅中放，

时刻激励心向善。

全校师生成"粉丝"，

共同沐浴伴远航!

领白:唉!有人讲:雷锋叔叔没户口,三月份来四月走?

合白:不可能!

在我们曙光学堂里啊,

学习雷锋365日不走样,

雷锋形象处处在,

雷锋元素处处有。

你们看:

领唱:还有那:

雷锋形象入眼睛,

雷锋事迹听得清。

雷锋精神入脑筋,

曙光处处红领巾!

甲乙:曙光办学理念强,

敢创品牌响当当。

丙丁:师德师风争先进,

名师队伍个个棒。

ＡＢ:课堂教学最优化,

减轻负担高质量。

ＣＤ:培养目标复合型,

素质教育有创新!

合唱:秋风爽爽丹桂香,

满怀豪情唱曙光。

八年道路不算长，

活力曙光美名扬——美名扬！

（与钱作成同志合作，写在曙光小学8周年庆典之际，当年曙光小学被评选为金华道情传承教学基地，由国家级金华道情传承人朱顺根和传承人钱作成前往授课教学；2012年11月7日，参加全市非遗项目展演活动获二等奖。）

金华市非遗传承教学基地授牌暨展示展演活动

金东区施光南音乐广场上原金东区文化馆和音乐厅旧址

2021年4月28日，金东区曲协与金华市交投汽服公司开展金华道情"唱"游婺江活动

02

音乐歌舞小快板

2022年6月—9月，在岭下镇坡阳书堂，金东区曲协举办每周一次快板培训

"五水共治"金华美

—— 音舞快板

（一）

祖国处处好山水，

大好河山无限美。

座座青山绕绿水，

条条源头淌清水。

走千山，跨万水，

谁人能够离开水？

金华市民六十万，

哪家哪户不用水？

（二）

清早洗脸刷牙水，

晚上睡前洗脚水，

烧饭洗菜用清水，

洗碗刷锅要用水，

盛夏寒冬洗澡水，

便前便后都冲水。

吃喝拉撒四个字，

谁也不能离开水！

（三）

谁也不能离开水！

市民都想用好水。

春暖花开想用水，

婺江滔滔发洪水；

夏日炎炎想用水，

婺江经常断流水；

春夏之交多雨水，

城市经常积涝水；

平常时候想用水，

满江污染是脏水。

市委政府察民意，

美丽金华重在水。

决心五水齐共治，

誓让金华更加美！

（四）

誓让金华更加美，
根治责任不推诿。
决心五水齐共治，
打响开局收好尾：
关停一切污染源，
毫不留情治污水；
除险加固抓设施，
科学治理防洪水；
全面梳理清河道，
清障清淤排涝水；
统筹整合水资源，
水库联网保供水；
全民动员齐上阵，
万众一心抓节水！

（五）

誓让金华更加美，
根治责任不推诿。
决心五水齐共治，
民情民意不可违。
政府治水全民治，
积极响应不靠嘴；

要我治水我要治，
比比谁的心灵美；
图上治水现场治，
标段进度我夺魁。
五水共治见行动，
重拳铁腕不缩水。
打好治水攻坚战，
人定胜天谁怕谁！

（六）

誓让金华更加美，
根治责任不推诿。
吹响治水集结号，
八婺大地战鼓擂。
婺城初战金沙兰，
共保命脉源头水。
继而转战龙须沟，
十里长湖更亮美；
金东重点孝顺溪，
打造百里清溪水；
永康治水组合拳，
重拳招招出精髓；
浦江磐安零容忍，

群文漫路

省市领导齐赞美!

（七）

誓让金华更加美,
根治责任不推诿。
吹响治水集结号,
幸福安康永相随。
有钱出钱助薪水,
有力出力飞汗水;
计划一年灭黑臭,

力争二年优质水,
争取三年能游泳,
男女老少乐开嘴。
兰溪人民乐呵呵,
再也不怕发大水;
守护青山和绿水,
奉献心血和汗水。
五水共治齐共管,
古婺金华无限美!

（2014年2月13日—15日创编）

乾西乡"十里长湖"现状图,照片由乾西乡政府常务副乡长申鸿宾友情提供

注释:

1. "沙金兰"是指：沙畈、金兰水库，是金华百万市民的用水之源。被形象地称为金华的"大水缸"。

2. "龙须沟"是指：污染日益严重的"最差河流"——孝顺溪、通园溪、厚大溪、回溪，此次都列入了"五水共治"范围。

3. "十里长湖"是指：金华江（婺江）自然形成的古河道，始修于元至正辛巳年（1341年）。《北溪陈氏谱》（卷之一）有载，道光《金华县志》亦对长湖有类似记载。20世纪70年代，长湖水清如镜，风景优美，不仅有"十里长湖"之美称，还成就了"水阁上陈"之名。在城市化进程中，长湖连接婺江的出水口被堵，"十里长湖"渐成死水，成了令人作呕的"垃圾湖"。

万紫千红春满园

——音舞快板

春风吹，天气暖，
阳春三月喜洋洋，
节假休闲哪里玩？
喏——逛公园！嬉广场！

施光南音乐大广场，
气势宏伟不寻常。
占地面积二百亩，
行政大楼立北端；
大型喷泉伴音乐，
滨水文艺歌声扬；
音乐厅，展览馆，
高谈阔论小广场；
广场风韵淌绿水，
流光溢彩披霓裳；
金东人民斗志昂，
希望的凯歌在唱响。

市区人民老广场，
改造之后添景观：
标志塔，四十米，
象征八婺团结强；
五彩变色灯光闪，
广场四周亮堂堂；
孔雀开屏迎宾客，
休闲遮雨有长廊；
东方明珠显辉煌，
月牙池里溅喷泉；
擎天一柱与塔齐，
云雾缭绕胜天堂。

城市客厅是广场，
城市绿肺是公园，
广场公园是窗口，
展示金华新形象。

大黄山，茶花园，
金东艾青文化园；
金龙湾，樱花园，
八一景观回溪园，
广厦婺州八咏园，
儿童公园宾虹园，
婺州两岸园连园，
万紫千红春满园。

八婺大地美名扬，
金华十景看不完：
双龙卧舟洞天府，
冰壶听瀑水潺潺；
北山仙踪赤松宫，

八咏清风传美谈；
侍王盘龙千古颂，
古刹鸳林映夕阳；
九峰桃源花烂漫，
宾虹秋月诗意长；
回溪流韵荡碧波，
山茶凝艳尽绽放。

生态城市建设忙，
越忙越快越发展。
洁美绿化靠大家，
金华城市美家园。
宜人居住环境好，
春光美景齐共赏。

［2002年12月，我从罗埠镇文化站调任婺城区文化馆副馆长（当时在四牌楼三楼）时，看见《金华日报》上刊登了《婺州公园打开围墙　美丽共享》的报道，萌发灵感而创编的一篇快板。交由当时金华市越剧之友社祝美玲团队排练。］

群文漫路

远亲不如近邻好

—— 音舞快板

春风吹，天气好，

一边走来一边瞧。

要问我们哪里去？

喏——

邻居节！凑热闹！

邻居节，真热闹，

左邻右舍乐陶陶。

你抱着小，我带着老，

花样可是真不少：

打毛衣，包水饺，

书画赛，跳舞蹈，

舞龙腰鼓木兰拳，

种花栽草养小鸟，

浏览猜谜运动会，

文艺节目好热闹。

嘿！邻居节，办得好，

是咱邻居的连心桥，

连——心——桥！

邻里亲情贵如宝，

邻居关系要搞好。

咱们同住一楼道，

是相处多年的好大嫂。

你家里去，我家里跑，

不为小事来争吵。

偶尔动手又动脚……

——唔？动手动脚？

哎！那是一起练舞蹈！

喔！哈哈哈哈……

早上见面早早早，

晚上见面好好好，

和睦相处乐陶陶，

远亲不如近邻好，

近——邻——好！

改革开放气象新，

社会不断在前进，

045

节奏太快难适应，
一度隔断邻里情。
忙工作，忙家庭，
忙儿子，忙千金。
加上住宅单元化，
邻里交往难亲近。
社会越来越文明，
疏远的邻居要亲近。
三个文明齐并进，
大家提倡邻里情。
低头不见抬头见，
邻里和谐最要紧。
路遥才能知马力，
日久方显邻里情。
亲帮亲，邻帮邻，
远亲不如咱近邻，
对！远亲不如咱近邻，
咱——近——邻！

邻居关系要搞好，
和谐相处要巧妙，
基本办法有五条，
各位仔细听知晓。

邻居和谐第一条：
助邻为乐要做好，
滴水之恩涌泉报，
你来我往乐陶陶。
邻居和谐第二条：
宽容大度要记牢，
琐碎小事莫计较，
大事化小小化了。
邻居和谐第三条：
平等待人很重要，
不比不攀不炫耀，
不卑不亢讲厚道。
邻居和谐第四条：
相互信任要做到，
你谦我让讲礼貌，
无端猜疑最糟糕。
邻居和谐第五条：
社会公德提倡好，
楼道卫生大家搞，
公共环境维护好。
邻居关系搞得好，
和谐社会基础牢，
精神文明携手建，

全面小康早来到。　　　　全面小康早来到，

精神文明携手建，　　　　早——来——到！

（2002年12月调任婺城区文化馆副馆长后，继《万紫千红春满园》之后创作的第二个歌舞快板作品，当时市委宣传部刚刚在市区各街道推行"首届邻居节"活动。交由越剧之友社专门排练演出。）

水利战线排头兵

——音舞快板

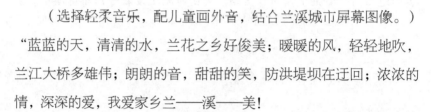
（选择轻柔音乐，配儿童画外音，结合兰溪城市屏幕图像。）

"蓝蓝的天，清清的水，兰花之乡好俊美；暖暖的风，轻轻地吹，兰江大桥多雄伟；朗朗的音，甜甜的笑，防洪堤坝在迂回；浓浓的情，深深的爱，我爱家乡兰——溪——美！

（音乐过渡至雄壮激昂并逐渐强，屏幕图像紧随台词切换。）

祖国华诞六十年，
举国欢腾喜空前。
欢歌载舞庆元旦，
兰溪人民心相连。
心相通，心相连，
奋勇拼搏志更坚。
挥雨弄潮今非比，
各行各业换新颜。
请看兰溪水利各战线，
创造的业绩最超前！
最——超——前！

水务局，是领头雁，
班子集体重团结，
学习实践发展观，
爱岗敬业比奉献。
特别局层班集体，
天天抢着抓时间，
一周上班五加二，
工作不分昼和夜。
强作风，重民生，
积极打造建设年！
建——设——年！

领导的榜样力无前，
紧紧凝聚各条线：
行政机关重效能，
取信于民创新业；
执法单位求规范，
依法行政少意见；
服务单位高效率，
热情周到永不变；
经营单位破难题，
科学发展转观念；
全局上下一股绳，
年年目标都实现！
都——实——现！

（上述台词合舞合说，
以下演员分角色。）
〇九年，很关键，
兰溪的水利建设有特点。
哦？都有什么特点啊？
喏——听我说：
兰溪自古就很美，
因为处处都是好山水。
好山水，景色美，

但是兰溪人民也怕水。
每到春夏防汛期，
城市农村可是经常发洪水，
破坏交通农业危害大，
多少家庭百姓跟着要倒霉！
兰溪市委和政府，
高瞻远瞩不推诿，
根治水患决心大，
赢得了百姓齐赞美！
齐——赞——美！

对对对！所以说，
今年水利建设项目多：
强塘工程规模大，
除险加固投入多；
万里清水保河道，
全民参与人力多；
农村净化饮用水，
惠及家庭百姓多；
保障百亿水资源，
开源节流节水多；
兴修农田和水利，
治理流失实惠多；

堤防加固排险情，
平安水利成就多。
水是农业最根本，
受益的百姓满意多！
满——意——多！

（笑声朗朗，欢快过门。）
是啊！是啊！
兰溪水利是重心，
干部群众很热心，
各级领导常挂心，
千方百计献爱心。
水利部、水利厅，
视察工地来关心，
省市领导鼓信心，
想方设法补资金。
兰溪人民增雄心
水利建设赛又拼，
要让领导最满意，
誓让人民最放心！
最——放——心！

【合】红日高照山河清，

阳光灿烂天地新。
要说水利建设的排头兵，
永兴水利水电公司最可亲。
注重质量求发展，
业务拓展结远亲。
寻求技术增含量，
引进人才搞创新。
组织开放娱乐圈，
凝聚职工暖人心。
以安全，求效益，
视质量，为生命。
承建的工程一个个、
典型的人物一位位、
先进的事迹一件件，
数也数——不——清！

项目经理陈志连，
虎背熊腰大黑脸。
为了工程抢进度，
经常加班又加点，
吃喝拉撒在工地，
起早摸黑不合眼；
项目经理某某某，

老婆娶自哈尔滨，
年轻貌美怀身孕，
按理照顾最要紧，
可他从来不肯听，
风里雨里不停歇；
项目经理徐国峰，
把握工期时间准，
父母生病不回家，
都说他心特别狠，
男儿有泪不轻弹，
就为施工早完成；
还有包立成、汪国军，
来自基层岗位最艰辛，
为了工程抓进度，
吃不好，睡不好，
为了施工上水平，
不怕热，不怕淋，
为了项目抓质量，

不怕风，不怕冰，
为了工期能按时，
不怕天寒和地冻，
默默无闻献爱心！
献——爱——心！

【合】好人好事数不清，
永兴员工心连心，
好人好事说不尽，
文明单位属永兴。
为了兰溪更美丽，
为了兰溪更温馨，
为了水利保安民，
为了水利新环境，
兰溪领导群众和永兴，
甘当水利建设的
排——头——兵！

（2009年，应兰溪市水务局下属永兴公司邀约创编。作品于
2010年金华市第八届文化艺术节在金华市人民广场演出。）

三十年，三十事

——对口快板

（一）

甲：改革凯歌声震天，

　　开放发展三十年。

乙：挥雨弄潮今非比，

　　古婺旧貌换新颜。

甲：三十年，三十事，

　　事事折射闪光点；

　　三十事，三十年，

　　印证金华超人先。

乙：三十年，三十事，

　　件件都是典型事。

　　最大成就在农村，

　　农民首先求自治。

（二）

甲：对！

　　三十年，三十事，

　　最大成就在农村，

大力推行新政策，

实行联产承包制，

激活种粮积极性，

农村呈现好形势。

乙：好！

以粮为纲农当先，

八大产业并举前。

农业现代产业化，

积极扶持农企业，

农林渔牧年年丰，

金华农民喜心田。

甲：新型合作出兰溪，

农业生产显生机。

种养大户经纪人，

推动经济向前驱。

乙：民营经济蓬勃起，

促进金华大冲刺。

十分天下有其九，

民营企业是标志。

甲：金华撤地改建市，
　　一心一意励图志。
　　创业富民齐努力，
　　城市中心初显示。

乙：水通南国三千里，
　　气压江城州十四。
　　打造浙中城市群，
　　跃居全省排老四。

（三）

甲：要致富，先修路。
　　金华交通迈大步。
　　县县建设有高速，
　　村村实现通公路。

乙：全市建设新农村，
　　千镇万村搞整治。
　　村美户富班子强，
　　农村赶超大城市。

甲：东阳南马花园村，
　　不愧全国新农村，
　　项项事业走前列，
　　一年四季胜似春。

乙：成立首个村监委，
　　武义后陈创新举。
　　两公开，一监督，
　　民主法治人心齐。

甲：农民工是新群体，
　　金华义乌重管理，
　　五权维护社会化，
　　模式全国出名气。

乙：综治建设数婺城，
　　八位一体施职能，
　　联防技防加协防，
　　百姓有了保护神。

（四）

甲：我们再看义乌市，
　　开拓市场树旗帜，
　　浪鼓摇出新天地，
　　货郎挑出金世界，
　　鸡毛换糖创市场，
　　成为世界大超市。

乙：浙中崛起影视城，
　　东阳横店斩荆棘，
　　贯通影视产业链，

誓与美国比档次。

甲：五金城，建永康，
中国十强大市场，
刀具农具电工具，
五金机械尽博览。

乙：易地开发促经济，
磐安工业创奇迹，
生态补偿开先河，
经济环保双盈利。

甲：下山脱贫架金桥，
武义农民跨越早，
实现历史新突破，
全国人民齐仿效。

乙：天地之间秀绝区，
万年浦江着人迷，
书画撑起一方天，
水晶工艺正升级。

（五）

甲：经济腾飞靠科技，
彰显金华创新力，
汽配粮食等领域，
效益超过二十亿。

乙：金华崛起汽车业，
汽摩配件产业强，
康迪众泰和绿源，
青年今飞万里扬。

甲：百年大计重教育，
率先实现普及率，
办学条件大改善，
居省前列有名气。

乙：金华职业技术院，
跨入国家示范列，
培养人才千千万，
为国为民做贡献。

甲：三十年，求开放，
金华贸易领域广，
开放格局全方位，
接轨国际新市场。

乙：金华旅游乐奇新，
已成省级副中心，
接轨海峡长三角，
天天接待有外宾。

甲：党务政务两公开，
设立窗口三六五，
金华推行承诺制，

打造阳光新政府。

乙：五保老人齐供养，

　　敬老院里暖洋洋，

　　老有所养新模式，

　　感谢伟大共产党。

甲：商海股市见沉浮，

　　金华企业不畏苦，

　　凤凰尖峰和广厦，

　　行业上市第一股。

乙：如今文化有魅力，

　　电视天天看大戏，

　　农民上台展才艺，

　　城乡互动真喜气。

合：社区卫生服务强，

　　经验全国大推广，

　　多湖模式天下扬，

　　城乡和谐奔小康——奔小康！

（2009年1月，根据2008年12月19日《金华日报》专刊《金华改革开放三十年三十事》典型事例改编。）

"红线"保卫战

—— 单口快板

竹板一敲脆又响，
国土资源来宣讲，
规范土地稳市场，
国家政策记心上。
27万亩红线是方向，
保卫耕地要打硬战，
日子肯定越过越兴旺！

金东区，国土局，学科学，
年年创新迈大步，
提高工作效率透明度，
开创办事窗口重服务；
建立绿卡帮办的好制度，
探索服务工农创新路，
转变服务争速度。

金东区，国土局，讲科学，

旧城旧村改造 起抓，
下山脱贫安好家，
地质预测有精确度。
制止乱采滥挖有力度，
生态环境得保护。

金东区，国土局，信科学，
干部职工人心齐有骨气，
规划土地促经济，
房产开发迈大步。
援助企业寻出路，
国土部门重服务。

金东区黄土地广资源多，
资源开发专家来帮忙，
土地整理力度强，
田成方，渠成网，

路成框，树成行，
优质农业产高粱，
开发复垦受表扬。
金东傅村上河塘，
就是现代农业的新榜样！

今年土地规划修编要狠抓，
确保红线亩数27万，
农民朋友不必愁，
办厂建房有预留。
一年批地基，
两年厂房平地起，
三年看你装机器。
节约用地不浪费。

今年土管大检查要认真，
遥感执法检查用卫星，
保卫红线要记在心。
农村建房要审批，
企业扩建要报批，

不得擅自动地基；
批东不可建到西，
少动你的歪脑筋，
因为天上卫星有眼睛，
地上土管战线有精兵，
违法违规浙江土地督察看得清。

红日高照山河清，
阳光灿烂天地新，
土管宣传暖人心，
土管局和老百姓心连心。

现在的生活就像坐电梯，
幸福指数年年往上提。
朋友们，莫忘记，要牢记，
中国人口十三亿，
十三亿啊，十三亿，
全党全民齐心协力保耕地，
保耕地！

（2010年6月，与朱有权合作，为金东区土管局创编，参加金华市区首届"乡镇文艺PK周"澧浦镇、曹宅镇的专场演出活动。）

服务中心快乐园

——音舞快板

合：春回大地花争艳，

　　春光明媚连成片。

　　各行各业换新颜，

　　金东大地在巨变。

　　你看那：

　　机耕路变成宽马路，

　　小作坊变成大企业，

　　低矮房变成大高楼，

　　旧村容变成新画面。

　　新农村实现新跨越，

　　金东区正迈步走在"物质富裕精神富有"和谐家园的快跑线。

甲：唉，姐妹们，听说金东区委最近又要全面铺开一项新工作。

合：哦，什么工作啊？

乙：我们老百姓有没有实惠啊？

合：是啊，我们老百姓有没有实惠啊？

甲：有实惠，有实惠，应该说实惠到千家万户。

合：哦。

甲：（数板）喏……

金东区委下文件，

新的工作在眼前，

工作关系千万家，

紧紧连着你我他，

加快建立社会养老服务新体系，

居家养老服务中心建设要推进。

合：哦，原来是居家养老服务中心建设要推进啊！

甲：是啊。

丙：哎呀，这个名字这么长，弄都弄不清啊？

丁：就记住"居家养老"四个字就行了呀。

乙：那么，居家养老是啥意思啊？

甲：居家养老就是"居在家里，家里养老"。

合：哈哈哈哈（齐笑） 我们农村里面本来就都是居在家里养老的人

　　多呀？

A：我们还以为要造什么敬老院，大家都到敬老院去养老享福呢！哈

　　哈哈。

甲：大家先听好：

　　（唱）时代进入二十一世纪，

　　中国老人一批接一批，

　　到了二〇一五年，

　　老人要超两个亿。

　　靠政府设立的敬老院，

　　建造来都来不及。

虽然还有社会参与的养老院，

农村百姓可能住不起，

提倡居家养老新模式，

要让全区老人都满意。

合：提倡居家养老新模式，

要让全区老人都满意。

B：对，

居家养老新工作，

服务照料中心是载体，

场地新建扩建都可以。

或者对以前的村祠堂、办公室、旧学校、医疗站，

改建转型升个级，

成立新型服务中心区，

依托社区优服务，

老人个个都欢喜。

学跳舞、下象棋，

搓麻将、唱戏曲，

快快乐乐在中心，

老有所为乐无比。

合：快快乐乐在中心，

老有所为乐无比！

丙：哦，我想起来了。

合：你想起什么了呀？

丙：电视……

合：电视？

丙：对啊，去年电视台里播放过孝顺镇下范村的居家养老服务中心的新闻报道呀。

C：对，对，对，还有赤松镇的山口冯村。

合：是吗？

C：是啊，你听好，

　　去年是民政搞试点，

　　全区共设了七个点，

　　今年全区要扩点，

　　全年建设百个点。

　　采用政府财政出一点儿，

　　上级部门补一点儿，

　　社区集体出一点儿，

　　社会爱心助一点儿，

　　建设百个服务中心点，

　　照料老人点对点，

　　涌现了许许多多的闪光点，

　　老有所乐笑——开——颜！

合：涌现了许许多多的闪光点，

　　老有所乐笑——开——颜！

乙：哦，我也晓得了！

合：你又晓得了什么啊？

乙：居家养老照料中心，就是"不管城市和农村的老人，提倡晚上统一住在家里，白天吃饭、休息、娱乐、开开心心集中在一起"，难怪今年要全面推进呢！

D：对！

晚上老人住家里，

白天娱乐在一起，

提供中餐和晚餐，

中午休息有折椅，

康复检查和洗衣，

健身娱乐和学习。

卫生医疗有保障，

伤风感冒打点滴，

依托社区优服务，

老人个个心欢喜。

合：依托社区优服务，

老人个个心欢喜。

合：哦，居家养老原来是这么回事啊。哈哈哈！

合：春回大地花争艳，

春光明媚连成片，

各行各业换新颜，

金东大地在巨变。

居家养老新风尚，

是社会养老体系建设的新事业，

服务中心是新模式。

全区将要打开新局面，

提升老人晚年新生活，

减轻子女负担承受面，

居家养老服务照料中心是我们社会慈善事业孝敬长辈，老有所为老有所乐，老有所养的快——乐——园！

（2013年3月15日，配合金东区推广居家养老服务中心建设创编、演出。）

来料加工似春风

——音舞快板

改革凯歌震长空，
百业兴旺乘东风，
大力发展手工业，
扶持来料做加工，
惠及婺城老百姓，
新兴的行业显神通，显神通！

来料加工刚起时，
场地规模杂、小、散，
经过几年精培育，
如今闯出了大市场。
加工点、加工厂，
农民个个当老板；
特色村、经纪人，
好像雨后春笋在成长；
品种多，辐射广，
块状明显动力强；

大型的企业在发展，
婺城区的来料加工事业显辉煌！
说来料，唱加工，
来料加工正在持续发展中，
覆盖婺城各乡镇，
农村、农户、农民的手中。
不受时间、场地、资金的限制，
随时随地好加工，
不受年龄、性别、技能的制约，
男女老少都轻松；
从事加工的人员逐年增，
产值收入年年往上冲。

来料加工品种多，
听我们慢慢来细说：
喏，串珠、佛珠和头饰，
服装、腰带、十字绣，

贺卡、玩具、圣诞礼品，

九字针、橡皮筋，发圈、发夹和胸花，

还有那"咯吱咯吱……"

白：干什么呢？

白：机器绞珠哇。

（齐笑：哈……）

操作简单回报快，

人民群众都喜爱，

下岗职工老百姓，

大家都能赚外快，赚外快！

来料加工老板多，

听我们继续往下说：

蒋堂镇，郑根银，

中高档的产品最典范；

白龙桥，尹春龙，

最受合作客商的喜爱；

沙畈乡，廖宝莲，

专门制作中国结；

最可亲，是周淑飞，

最可敬，是方宝琴，

下岗失业不失志，

再次创业不怕刺，

还把农民姐妹来安置，

扶贫帮困做好事。

发展来料加工业，

农村工业化的进程早实现，

上为政策分了忧，

区委区政府有远见；

下为百姓解了愁，

帮助农民再就业；

各级部门齐配合，

提供服务行方便；

义乌开设联络处，

纽带作用特明显；

搞培训，重调研，

协调双方多赚钱，

来料加工遍婺城，

特别感谢区妇联！

改革凯歌震长空，

百业兴旺乘东风，

大力发展手工业，

欢迎来料做加工。

你来料，我加工，

携手合作胜弟兄。 守时守信心相通。

互惠互利求发展, 来料加工富婺城,

一切尽在不言中。 处处洋溢着和——谐——风!

保质保量重承诺,

（2004年应婺城区妇联邀约创编。）

群文漫路

满怀豪情唱金西

——单口快板

打起竹板呱滴滴，
走到台上笑嘻嘻，
欢天喜地庆七一，
满怀豪情唱金西。

说金西，唱金西，
土地资源显生机，
南边高，北边低
托管罗埠洋埠和汤溪。
溪流平原相连接，
低岗丘陵大面积，
投资兴业是热土，
欢迎选择到金西。

说金西，唱金西，
水利资源显生机，
厚大溪，辛畈溪，

水利资源数第一。
辛畈水库历史久，
九峰水库又动基，
投资兴业是热土，
欢迎办厂到金西。

说金西，唱金西，
交通资源显生机，
浙赣铁路汤溪站，
高速公路杭金衢。
南北公路相交错，
水电设施配套齐。
投资兴业是热土，
欢迎办厂到金西。

说金西，唱金西，
文化底蕴显生机，

汤溪中学人气旺，
考核达标省一级。
文保单位城隍庙，
建筑雕刻数第一，
九峰山，桃花源，
是省级优秀旅游风景区。

说金西，唱金西，
招商引资显生机，
落户企业一家家，
来了一批又一批。
金丽达、宝利来，

双冠研制定时器，
瑞丽缝制行缝被，
依蓉生产是皮具。
说金西，唱金西，
金西是金华腾飞的发动机，
立志三年打基础，
争取五年出成绩。
开拓创业勤实干，
干部群众齐协力，
蛟龙腾跃虎添翼，
十年必定建新区。

（有感于金西开发区成立，应开发区邀约创编。）

幸福村里幸福长

——音舞快板

改革的浪潮震天响，
新农村建设大发展，
人民村镇人民建，
村庄整治创建忙。
请看乾西幸福村，
一天更比一天强，
全村上下男女老少，
安居乐业文明祥和幸福长。

幸福村，以前不幸福，
人人一副可怜相，
穿在身上破衣裳，
一天四餐野菜汤，
拿起筷子端起碗——
合：怎么样？
甲：大门对着坟墓和粪缸。
合：咦！

雨天走路踏泥浆，
晴天出门上刀山（指泥泞的路踩
　　　过之后，天气放晴，泥土像
　　　竖着刀一样）。
幸福人民在期盼，
盼星星，盼月亮，
盼得来"改革开放"，
幸福人民斗志昂，
环境整治树样板，
处处充满新气象。

现如今：
幸福村里不寻常，
翻开历史新篇章。
家家户户建新房，
里里外外搞装潢。
改路改水和改厕，

做精做大再做强。
穿衣戴帽拆危房，
实现"五化"喜洋洋。
原本坟墓粪缸地，
绿化之后最漂亮，
风景这边咱独好，
恭喜各位村民万事如意，更吉祥！

现如今：
进村公路宽又长，
穿起的皮鞋"咯吱咯吱"响；
绿化的树木栽两旁，
点头哈腰"哈喽哈喽"想交谈；
塘边四周砌护栏，
清清的河水"哗啦哗啦"在流淌；
休闲场上健身忙，
围观的群众"好球好球"在鼓掌。
全村路灯亮闪闪，
幸福人民衷心感谢伟大的共产党！

现如今：
村美户富美名扬，
风气良好班子强。

想方设法为人民，
带领群众奔小康。
村里浇筑垃圾房，
建立卫生监督网，
全区最先铺设污水管，
集中处理治排放。
统一引进沙畈水，
生活使用保安康。

郑彩云、郭菊香，
祖孙三代健身忙。
百岁老人卢阿凤，
感叹沧桑岁月越活越心爽！

现如今：
幸福产业大发展，
能人辈出养殖王。
李卸全，是"猪王"，
年年千头肉猪要出栏。
陈建奎、陈启樟，
是村里出名的"奶牛王"，
产供销，一条龙，
幸福路上鲜奶香。
郑文庆，是"鸭王"，

统帅三军闯市场。

宗根兵，"珍珠王"，

淡水世界金光闪。

梁根松，"花木王"，

装扮城乡挑大梁。

陈建贵，"香葱王"，

天天送菜到宾馆。

你是王，我是王，

幸福人民力量强。

你创业，我创业，

幸福路上歌声扬。

你和谐，我和谐，

幸福和谐幸福长！

（2006—2007年我在婺城区城西街道工作，好友钱宏伟时任乾西乡副乡长，该乡幸福村村书记的女儿在城西街道横街口社区工作，推荐我为幸福村创编该节目，并在市人民广场上演出。）

砥砺奋进新时代

群文漫路

（一）

唱：蓝蓝的天空清清的水，

　　古婺金华自古美。

　　原来的主城在江北，

　　从江北，战略转移到江南，

　　拓展的金华城市更加美；

　　2013年，市委市政府发号召，

　　城市发展再向东，

　　各行各业都要紧密配合永相随；

　　顺势成立的多湖中央商务区，

　　连接了江东、江南和江北，

　　再造新城的气势很雄伟；

　　多湖区块是"火腿心"，

　　好像上海浦东的陆家嘴，

　　三江六岸、三足鼎立、三江汇聚，

　　商务区五年巨变最精髓，最——精——髓！

（二）

唱：多湖中央商务区，

是金华一环以内的核心区，

位于三江交会处，

是发展潜力最大的开发区。

管委会正式成立五周年，

年年都有新进步，年年都有新成绩。

白：哦，都有哪些成绩啊？

请听好——

唱：有道是，要致富，先修路，

商务区的开发建设有力度。

咱们先看政和路：

西至武义江，北靠义乌江，

东、南分别是环城东路和南路；

域内东市街、李渔路，

复兴街、宾虹路，

栖凤街、丹溪路，

望府街、宋濂路，

环城南路跨东西，

环城东路贯南北；

"三横四纵"交通网，

承接了商务区东南西北四面开花的新飞速，哈哈……

（三）

唱：咱们再来谈谈"心"，

商务区，多湖区块是"火腿心"。

市委市政府大决心，

开放的思想有雄心，

高瞻远瞩有信心，

城市规划长远心，

果敢定位多湖中央商务区，

确定建设"五大心"：

地区金融服务大中心，

浙中总部经济有中心，

金华科技文化是中心，

城市商务创意成中心，

都市生态游憩聚中心。

五中心，心连心，

相互依托心贴心，

崛起的新城有了市中心，

万达所指，

"中心所向"，

成为了城市商业品牌的大核心，

带动着，

大众来创业，万众来创新。

（四）

唱：五年来，商务区的面貌日日新，

离不开前期土地房屋征收的艰辛。

都说土地房屋征迁难，

多湖的征迁更是难上难。

多湖地段优势强，

已然成为城市的核心；

居民房租收入高，

村民坐等收租金；

利益因素阻力大，

却难不倒我们商务区、指挥部的征迁排头兵。

排头兵，是铁军，

夜以继日赛又拼，

敢教日月换新天，

不获全胜不收兵。

雷塘后的征迁组长刘汝平，

就是众多铁军中的一标兵。

还有村干部陈立山、傅显银、

翁金华、翁飞云，私营业主叶旭峰，

"五人决策小组"主动来请缨……

史无前例的大硬仗，

奏响了艰难征迁工作和谐的强音。

（五）

唱：五天签约338户，

八天突破82%，

十天叶宅、林头、黄泥山，

672户全部完成签约，完成率100%；

商务区一期征迁，

创造了金东的奇迹。

随后剑指七里畈、驿头、望府墩，

马不停蹄敢较真，

短短23天，签约100%，评估100%，

再次刷新速度，

为多湖中央商务区发展，

提供了最美的蓝图。

打通了多湖，

就是打破了市区与金东的隔阻，

金华主城区与金东新城区，

合二为一，熔为了一炉，

形成了相互带动发展互补。

城市向东的战略脚步，

浩浩荡荡一片光明坦途，

破茧成蝶，

迎来了，惊艳蝶变，华丽转身，多姿多彩多美多湖！

（六）

唱：现如今，商务区成立五周年，

五年来，商务区的变化很明显：

固定资产投资年年增，

重点项目建设保民生；

三条廊道求确保，

生态廊道重养生，

科创廊道要提升，

交通廊道要延伸；

金华之光城展馆，

人民医院保医养，

国家遗产婺剧院，

叶宅赤山造公园，

市民活动有中心，

金华还有科技馆。

多湖初中在迁建，

小学初中更名叫光南。

洪坞桥头更震撼，

正在建设的亚运村，

将是世界瞩目的分会场，

我们的大金华，将敞开广阔的胸怀，

迎接来自五湖四海的体育儿郎！

（七）

唱：招商引资取得了新进展：

万达广场，购物天堂，

就是企业引进的世界标杆；

浙中总部经济已结顶，

即将入驻的企业名气响。

万豪酒店已签约，

教育龙头新东方。

不是国字头，就是500强，

不是大企业，就是大集团，

不是央字号，就是100强，

不是大公司，就是大银行，

一期的楼层已售罄，

还有众多的企业一个一个在洽谈。

二期总部商铺在招商，

吸引了中天、复星等等好多知名的企业房地产。

金都美地已入驻，

党建工作美名扬；

步阳华府名气大，

价格一路往上涨；

保集、美地是龙头，

一举拿下开发了叶宅地块视野开阔的江景房。

（八）

渐快：商务区，成立五周年，

是承西启东的五周年，

开辟了城市向东发展的前沿；

商务区，成立五周年，

是高瞻远瞩的五周年，

站位、规划、设计、理念都超前；

商务区，成立五周年，

是改天换地的五周年，

多湖区块从无到有，旧貌换了新颜；

商务区，成立五周年，

是砥砺奋进的五周年，

快速：正值新时代、践行新精神、

凝聚新力量、提振新信心、

阔步新征程、开创新未来，

勇立潮头敢担当，

干在实处无止境，

走在前列翻——新——篇！

（2018年12月5日，时任金华商务区管委会主任的曹文蔚布置给我一项工作，叫我收集一些农村老物件，布置一个农耕文化展示厅，该展厅现位于金都美地19栋一楼。他肯定了我的工作细心周全，用时很少，费用节省。后来他又问我，能否帮助管委会创编一个节目，并在年终晚会上献演。本文因此而作，但是最终因为各种原因没有演出。）

"一格一姐"您真棒

——音舞快板

社区女书记："姐妹们，我们的大金华，已经被评为全国文明

城市啦！"

众女："真的？""太好了！""可爱的大金华！""太给力了！"

书记：高兴高兴真高兴，

中央传来大喜讯！

大喜讯，真带劲，

喜坏了，咱们金华老——百——姓！

众女：（众姐妹笑）哈哈哈哈……

中央传来大喜讯！

喜坏了，咱们金华老百姓。

金华夺得文明城，

创建工作三年整！

女一：离不开，英明领导决策高水平。

女二：离不开，党员干部身先士卒重引领。

女三：离不开，各行各业志愿奉献来执勤。

女四：离不开，金华市民细微之处见文明。

众女：金华夺得文明城，

　　　创建工作三年整！

　　　离不开，书记您，

　　　带领我们"一格一姐"向前进。

　　　（众人笑，围着书记，特别亲密。）

书记：嘘！（手势）——姐妹们，文明城市的荣誉是大家的，是伟大

　　　的金华市民的。三年来，特别是今年深化"一格一姐"以

　　　来，我这个社区书记啊，倒是觉得你们"一格一姐"确实

　　　有力量！

女一：我们"一格一姐"机制好，

　　　全科网格来打造。

女二：网格实现全覆盖，

　　　"一格一姐"随时在。

二女：服务方式全方位，

　　　门口服务最实惠；

　　　时间保证全天候，

　　　服务到家不延后。

女一：他点单，你服务，

　　　邻里和谐齐互助。

女二：小网格里大担当，

　　　一格一姐你最棒！

　　　【众女：咦（害羞状）】【忽然哨响（哨子会有震撼共鸣），众

　　　女纷纷临战似的前来报到。】

书记：姐妹们好！

众女答：组织吹哨，"格姐"报到！

（依次按照妇联干部、妇联执委、妇女党员、妇女代表、巾帼志愿者点名，演员各自回应"到"。）

书记：好！出发！（音乐过门切换场景）

众女：我们妇女能顶半边天，

"一格一姐"敢争先。

巾帼时刻心向党，

文明创建在现场。

女一：反对铺张和浪费，

家风家训要弘扬。

女二：当好文明传递者，

营造崇俭新风尚。

女三：物业管理齐参与，

垃圾分类我站岗。

女四：美丽庭院争星级，

环境卫生我来管。

四女：金华夺得文明城，

还真离不开我们这群美娇娘！

众女：我们巾帼决不让须眉，

"一格一姐"心灵美；

走访农户听民意，

幸福安康永相随。

二女 A：甘当农户和事佬，

　　　矛盾化解不推诿。

二女 B：平安家庭我牵线，

　　　讲座培训我到位。

四女：访贫问苦重服务，

　　　干群关系如鱼水；

　　　扶贫帮困我带头，

　　　和谐家庭乐开嘴。

众女："一格一姐"能量大，

　　　基层治理作用我夺魁！

众女：你看那：

女一：和悦社区汪燕飞，

　　　为民办事肯吃亏。

女二：组建"格姐"行动快，

　　　招募志愿快如飞。

众女：组织活动形式多，

　　　居民之中树口碑。

女三：枫乔苑，白建兰，

　　　性格泼辣能力强。

女四：原来小区烂尾楼，

　　　经常闹着去上访。

女三：妇联吸收志愿者，

　　　文明创建工作忙。

众女：环境卫生大提升，

　　　小区房价都上涨。

二女 A：明月楼，蓝金玉，

　　　　实实在在人和气。

二女 B：工作创新便利贴，

　　　　志愿服务特给力。

众女：群众利益无小事，

　　　"一格一姐"最诚意。

女一：山青青，水潺潺，

　　　绿水青山胜天堂。

女二：山青青，水潺潺，

　　　金华的美景说不完。

女三：金华夺得文明城，

　　　"一格一姐"不平凡。

女四：市域治理现代化，

　　　"一格一姐"热心肠。

四女：乡村振兴大行动，

　　　"一格一姐"有担当；

　　　女性创新创业强，

　　　"一格一姐"好思想。

众女：文明永远在路上，

　　　"一格一姐"重担当，

引领联系和服务,

妇女儿童家庭更幸福,

更——幸——福!

（2020年12月2日，应金华市妇联邀约，为其创编文明城市创建工作圆满成功纪念作品，并准备在市里表彰大会上演出。白龙桥女子中学已经排练结束，完成了音频制作，最终由于各种原因而搁置。从2018年创建工作开始，我每年创作一个反映金华文明创建工作的作品。）

清清廉廉迎虎年

——音舞快板

（画外音）众："同胞们，姐妹们，祝大家：虎年吉祥，虎虎生威，廉年有余！"（开场音乐响起）

（一）

金牛跑，虎年到，

岭下的人民乐逍遥；

岭下的山，岭下的水，

岭下的党员心灵美；

岭下的风，岭下的雨，

岭下的干部明事理；

积道的山，慧明的寺，

岭下党员干部立大志；

八仙的溪，坡阳的街，

岭下清清廉廉过大年！

（哈哈哈哈……圆场过渡）

（二）

年年春节年年过，

家家户户买年货，

反对铺张和浪费，

勤俭节约带头做；

婚丧嫁娶从简办，

带头杜绝摆阔绰；

不过头，不走偏，

文明节俭不堕落；

尤其党员加干部，

警钟长鸣不犯错！

白：是啊！年年春节年年过，提醒党员干部不犯错，很有必要！在送上虎年新春祝福的同时，我们也要送上廉洁过节的行动指南。

众：好……哈哈哈哈哈（过门）

（三）

礼尚往来是传统，

思想不能老古董；

党员纪律出新规，

处罚条例要读懂：

旅游健身加娱乐，

勾兑利益拒输送；

公款吃喝要不得，

礼金礼卡行不通；

违规宴请不接受，

红线底线不触碰！

（四）

春节酒驾使不得，

赌博后果很严重；

不光党纪要处分，

而且违法要处罚；

不光自己要处理，

而且影响到子女；

前科录入有备案，

今后再犯变重犯。

六项纪律记心上，

遵纪守法心坦荡！

（五）

春节假期不张扬，

信仰坚定忠于党，

不串门，少聚会，

疫情防控多宣讲；

走亲访友拉家常，

坚持理想重立场，

不妄议，不谣传，

绝对忠诚追随党，

党员干部正能量，

朵朵葵花向太阳！

（六）

春节长假很可贵，

党员外出须报备，

干部出行要请示，

报备请示不可废；

公车公款不私用，

假借变相要反对；

网络聊天慎言行，

微信红包少点兑；

一身正气贯长虹，

党员干部受敬畏！

合：对！对！对！

春节长假很可贵，

廉洁过年更可贵，

一身正气贯长虹，

党员干部受敬畏。

（哈哈哈哈，过门）

（七）

天青青，水蓝蓝，

积道山下正气扬，

山巍巍，水潺潺，

八仙溪边士气昂。

风轻轻，云淡淡，

坡阳古街风气爽，

正气扬，士气昂，

风清气顺待帆扬。

清清廉廉迎虎年，

党员干部齐效仿，

扛旗争先勇担当，

引领根红苗正的岭下人民，

续写新的伟大廉政新篇章！

（2022年1月10日，完成岭下镇纪委稿约。）

中秋国庆说安全

——宣传快板

中秋团圆喜洋洋，
国庆长假又登场。
年年过节年年过，
岁岁平安岁岁长。
朵朵葵花向太阳，
百姓人民是江山，
颗颗红心心向党。
党员干部是靠山，
时刻不忘安全弦，
为民护航保平安！

安全领域范围广，
方方面面贵在防：
防旱防涝防台风，
防火防水防溺亡；
防偷防盗防诈骗，
防坑防拐防电诈；

防毒拒黄反邪教，
防电防气重消防；
酒后绝对不开车，
否则送你进牢房！

安全领域范围广，
家庭重点在厨房：
虽然稻草柴火不复返，
但是电线煤气管连管，
用电用气需谨慎，
仔细检查不怕烦。
电线老化要更新，
老化皮管换新管，
保持家里勤通风，
安全隐患无处藏！

安全领域范围广，

应知应会记胸膛：
液化油气成分多，
丁烯丙烯和丁烷。
一旦受热易膨胀，
易燃易爆不堆放。
遇见明火会爆炸，
报警安装必规范。
严禁使用三通管，
提倡更换螺纹管！

安全领域范围广，
电瓶车祸也经常。
血的教训断肝肠，

遵守交规永不忘。
购买车辆要正规，
佩戴头盔防护强。
电瓶车辆规范停，
禁停过道和走廊。
私拉乱接不可取，
充电选择充电桩！

开放步伐正时光，
再启征程奔小康，
美好生活来不易，
同心携手护平安！

（2021年9月14日，我到岭下镇报到，恰逢中秋、国庆双节来临，鉴于安全生产形势需要，时任镇长张雪频邀我创编。9月22日10时30分完稿，通过"岭下微讯"对外宣传发布。）

群文漫路

03

文案方言顺口溜

《二十分可乐》剧组

早年，作者在汤溪镇城隍庙主持文艺节目，并演唱方言快板《阿大汤溪》

汤溪下新宅村养老服务
项目规划文案要点

——创意文案

一、项目构想

鉴于老龄化的问题逐年凸显，赡养矛盾日益加剧，公办养老机构难以满足群众日益增加的养老需求，民办事业有势在必行的趋势，所以有此构想。

项目位于金华经济技术开发区汤溪镇下新宅村，天然生态，幽雅环境，是老有所养、老有所乐、老有所医的良好场所。拟在此规划筹建高端生态养老服务项目——新宅怡园健康养生公馆（暂定名），项目规划建设面积首期300亩（20万平方米），远期800亩（53.3万平方米）。

二、项目定位

以高端养老服务为主导打造浙中养生养老胜地。

以效益观光农业为依托打造清新健康天然氧吧。

以体验农家生活为依托营造温馨和谐开心农场。

建成浙中地区规模大、生态环境优、服务设施好、养老品质高的标杆级生态养老社区。项目面向长三角地区有稳定收入的退休人群、经济富裕的老年人以及本地周边需要疗养的老年人。

三、项目内容

建设内容有老年公寓、老年度假别墅、全能型养老配套服务、老年文化培训中心、温泉会馆、主题公园、康复理疗中心、餐饮商超、图书馆、健身房等设施。服务功能重在养老医疗、休闲度假、健身康复、护理陪护、文化娱乐等。

四、项目布局

（一）休闲游乐区

以12亩（8000平方米）原始次生林杏子店（地名）为主打，设置鹅卵路径、小型动物、戴笠垂钓、鸳鸯戏水、车水马龙、大闹龙宫、飘飘吊床、滑滑梯、跷跷板、叠积木、画沙画等游乐专区。

（二）开心农场区

以60亩（4万平方米）杏子背顶（地名）、80亩（5.4万平方米）老桃园为主打，设置住宿区、餐饮区、体验区；同心圆外围按12月划分水果种植区；同心圆内划分土地认养种植，游客体验拔萝卜、挖红薯、掏花生等。

（三）种植养殖区

以杏子背顶下两大水库为主打，设置水库之间空地，建造养殖区域，饲养鸡鸭牛羊之类家禽牲畜等，上塘养鸭群，下塘养鲜鱼，上下形成食物链条。三大区块内设置自行车绿道通行，一区和二区之间的渠道下面铺设鹅卵石，游客可以蹚水嬉戏，脚底按摩，促进血液循环；上面铺设粗大圆木，游客体验"千军万马勇闯独木桥"的惊险；边上竹园开辟以茶会友、挥毫泼墨专区。

（四）养生公馆区

以170亩（11.3万平方米）牛角湾为主打，设置老年公寓、老

群文漫路

年度假别墅、全能型养老配套服务、老年文化培训中心、温泉会馆、主题公园、康复理疗中心、餐饮商超、图书馆、健身房等设施。

五、项目优势

（一）生态环境优势

这里有原始次生林，天然大氧吧，原始生态，绿树成荫，翠竹覆盖。这里闹中取静，地下有温泉。可以用"高端养老，金西最好""要嬉戏，到金西；要养老，金西跑！"来广而告之。

（二）土地资源优势

这里土地资源充裕，有千亩黄土丘陵，低丘缓坡，自然天成，利于平整开发。可以用"这里有原始次生林，这里是——天然的氧吧！""这里有开心大农场，这里是——养老的胜地！下新宅，欢迎您！"来广而告之。

（三）旅游辐射优势

纵观汤溪乡村旅游特色，可谓有三大格局，即"游九峰山"——省级名胜风景区，自然静态；"逛城隍庙"——省级文物保护点，人文静态；"汤溪古村落"——中国历史文化村，人文静态。遗憾的是缺少了第四项"自然动态"的景观内涵，而下新宅"新宅怡园"健康养生公馆的建设，将为汤溪补上第四大格局，而且它是动态的，与其他三大格局形成动静结合的态势，更具有互动性和生机，即"住快活林"——浙中养老生态村，自然动态。

除上述汤溪镇本身拥有的资源外，以下新宅为中心，周边还有映衬：位居东面5分钟车程的水上乐园；位居西南5分钟车程的万象花卉；位居西北30分钟车程的龙游石窟；位居东南10分钟车程的九峰温泉。形成犄角，互为补充。

（四）村委合力优势

目前下新宅村两委班子和睦团结，新农村建设正蒸蒸日上，尤其复盘本村一些亮点，也是信手拈来的：相对邻村而言，下新宅村自古就有"中戴吓头，寺平拳头，下新宅笔头，堰头破棉絮包头"的美誉；本村自古就有"东踞龙头山，南有丁塘埂，西借杏子店，北靠跌塘沿，中央长弄堂，幸福万代传"的说法；现如今，如果按照上述开发思路，结合以往本村特色，又可总结出下新宅村以下四张"金名片"，即"千年古樟""古窑制罐""森林屏障""田园风光"。也就是：瞻仰——"千年古樟"、体验——"古窑制罐"、游乐——"森林屏障"、享受——"田园风光"；除"千年古樟""古窑制罐""森林屏障""田园风光"四大亮点外，还有其他特色，比如"养老高端""淋浴温泉"，就是杏子店南侧的一个冬暖夏凉的泉水塘（有待考证）；村上还有古民居、农耕文化展厅、古代举人旧居（小老虎家庭），刚好和现代别墅（律师戴根秀家庭）相互辉映，形成鲜明对比。当然还有交通资源优势、医疗保健优势、市场需求优势等。

（五）前景展望

展望前景，我们有五大方向，即吸引城市老人养老定居，带动家属探亲游玩，土地认养体验开心农场，拉动住宿餐饮土特产交易，增加周边村民就业机会。

（原始次生林杏子店，是我小时候的乐园。新农村建设开始之初，老家下新宅村通过建设，变化明显，全村为村干部点赞。有感于此，我有了上述思考。本想2008年正月初一回老家准备在在外人士座谈会上好好为家乡建设添把火，结果未能实现。从那年起，村上每年正月初一就没有召开过在外人士座谈会。）

中式婚礼主持版本

——创意文案

温馨提示后，司仪喊"奏乐"，欢快的民乐声响起。

人逢喜事精神爽，锦华园内喜洋洋喽！各位乡亲父老、各位亲朋好友，大家晚——上——好！有道是：山欢水笑同祝新婚之喜，地久天长共祝百年好合！今天是庚寅年（2010年）五月二十九日，农历五月十八，是个大吉大利的好日子。天公作美，艳阳高照，天降吉祥，大地生辉，青山绿水，鸟语花香，百花吐艳，人丁兴旺，今天我们嘉宾如云，宾朋满座。对于我们吴府来说，今天是个大喜特喜的好日子，张灯结彩，喜气满堂，因为今天我们吴府少爷——吴某某和王府小姐——王某某，将要喜结良缘，洞房花烛啦！承蒙各位父老乡亲，各位亲朋好友的大驾光临，你们的捧场将为他们的婚礼现场，增辉添色，锦上添花。在此我代表吴府、王府对大家的光临表示衷心的感谢和最热烈的欢迎。下面有请：吴府王府两家老爷夫人上台就座，也祝双方老爷、夫人身体健康，万事如意！

朋友们，最激动人心的时刻就要到了，下面是舞狮迎新人喽！（舞狮进场上台表演），有请吴夫人赐赏钱喽！（新郎母亲将红包送入狮子嘴巴）雄狮送祝词喽："双龙脚下吴王双会，锦华园内喜结良缘！"

各位乡亲父老、各位好友亲朋，良辰吉时已到，首先有请新郎上花堂。看看站在我身旁这头戴状元帽、身披红绣球、面目俊秀、满脸笑容的哥哥就是今日的新郎官——吴府二少爷吴某某先生，让我们用最热烈的掌声为他道喜！接下来有请新郎官三箭定乾坤喽：

来，新郎官，请您举箭弯弓，万事好成功！

第一箭，先射天，天赐良缘、保佑新人、一生平安喽；

第二箭，再射地，地配一双、婚姻美满、地久天长喽；

第三箭，再射轿，祝福新人、永结同心、肝胆相照喽！

天有时，地有利，天时地利人求和，新郎迎新娘，请媒婆喽……（新郎官去花轿迎接新娘）此时媒婆出场（在红地毯上跳一段舞，并将红绣球递给新郎、新娘）新郎牵着新娘。（媒婆陪在旁）

踩米袋：锄禾日当午，汗滴禾下土。新人踩米袋，幸福传万代喽！

跨火盆：地上火一盆，取自天上来。新人火上过，日子更红火喽！

过马鞍：一块檀香木，雕成玉马鞍。新人迈过去，一生保平安喽！

一撒金，二撒银，三撒新人满天星！万事如意都顺心！（工作人员配合放礼炮）朋友们！一对新人在大家的掌声祝福下已经来到了我们的花堂之上，恭请两位母亲大人点香火喽！（双方母亲点香火，将香插在香炉上然后回座）

有请新人行大礼：一拜天地日月星，风调雨顺，一叩首；

二拜天地日月星，五谷丰登，二叩首；

三拜天地日月星，家业兴旺，三叩首。

有请新人行大礼：再拜高堂父母亲，祝父母多福多寿，一叩首；

二拜高堂父母亲，贺高堂幸福安康，二叩首；

三拜高堂父母亲，愿高堂福如东海寿比南山，三叩首。

有请新人行大礼：夫妻对拜情意深，恩恩爱爱，一叩首；

夫妻对拜情意长，百年好合，二叩首；

夫妻对拜情深意切，早生贵子，三叩首。

各位父老乡亲、各位亲朋好友，大家想不想看，新娘子沉鱼落雁之容，闭月羞花之貌？想不想？

有请新郎喜挑红盖头喽！（新郎用包着红绸的秤杆挑盖头）

新郎喜挑红盖头，一挑看嘴唇，唇齿两相依；

新郎喜挑红盖头，二挑看媚眼，眉目传真情；

新郎喜挑红盖头，三挑如花似玉美娇娘喽！

夫妻恩爱长相守，一定要喝合卺酒，新人喜喝交杯酒，娘子相公要改口。（工作人员送上合卺酒）

新郎新娘碰碰杯，喝一口，恩恩爱爱小两口。"相公请，娘子请。"

新郎新娘换换酒，喝一口，永结同心共白首。"相公请，娘子请。"

新郎新娘喝交杯，来年生个小宝贝喽！"相公请，娘子请。"

新郎新娘拜了堂、喝了酒，娘子、相公改了口，再向父母敬茶和改口，爹娘的恩情，要永远牢记在心头！（工作人员送上暖茶）"爹、娘，请喝茶！"

爹娘面前敬过茶、鞠过躬。鞠鞠躬，红包红彤彤。有请双方父母包上子孙钱，寓意着两家子孙兴旺，兴旺发达！这真是"天上牛郎会织女，地上才子配成双。吴王两家结秦晋，荣华富贵万年长"。

朋友们，掌声欢送老爷夫人先行退场，新郎新娘入洞房，撒吉祥喽！（新郎新娘沿着红地毯向嘉宾抛喜糖，退场换装）"上——菜——啦！"（后半场司仪互动省略）

（我从1999年调罗埠镇工作后，通过好友叶乐平的介绍指导，开始从事兼职婚宴司仪行当。以上版本与婚庆公司合作完成。）

西式婚礼主持版本

——创意文案

司仪开场：今夜，幸福吉祥！今夜，星光灿烂！各位来宾，各位朋友，大家好！首先欢迎大家来到我们某某宾馆，某某宾馆也竭诚欢迎您的大驾光临！很高兴能接受新郎刘先生和新娘申小姐的委托，担任今天的婚礼司仪，谢谢！

（相识演绎：新娘新郎站在电话亭内，手拿电话，准备再现初恋相识时的电话情缘。）

司仪主持：朋友们，大家都知道，网络是虚拟的天地，但是，网络也是浪漫的世界。据可靠情报，新郎刘某某和新娘申某某是从网络上相识、相知、相恋到相爱的。（播放电话彩铃录音）他们的相遇是一场浪漫的邂逅，是网络成就了这段唯美真实的爱恋。刚才的电话彩铃，就是我们的新郎打给新娘的，在电话中新郎曾经放声歌唱，用歌声表达自己的爱恋，令我们的新娘终生难忘。新郎思念在名城——南京，新娘翘盼在古婺——金华，千里姻缘一线牵，原本相隔万里，却似近在咫尺，沉浸在"爱情海"的恋人终于相会在大都市——上海。新郎向新娘虔诚地求婚……（两人从电话亭里走出，来到花房）情人眼里出西施，有情人终成眷属，爱情之火在两人的心中熊熊燃烧。今天这对有情人终于走上了幸福的红地毯，让我们

101

一起聆听他们的爱情宣言吧。

播放录音：

男：自从有了你，我的人生不再孤单；自从有了你，我的生命更加璀璨。

女：自从有了你，回归港湾不再流浪，自从有了你，爱的旅途充满希望。

男：今天，我终于可以和你，走上神圣的婚礼殿堂。

女：今天，我终于可以和你，相依相伴地幸福启航。

合：我们要大声呼喊：我们——结——婚——啦！

（婚礼进行曲的音乐马上响起）

司仪主持：朋友们，接下来让我们以最热烈的掌声有请新郎新娘闪亮登场！（新娘和新郎伴随着婚礼进行曲的音乐，走向幸福的典礼台。）

点蜡环节：各位父老乡亲，各位亲朋好友，伴随着大家热烈的掌声和惹人心醉的婚礼进行曲，我们英俊潇洒的新郎和美丽漂亮的新娘正满面春风地携手走进我们的婚宴大厅，同时，这也标志着他们将走上自己的新的人生里程。让我们用更加热烈的掌声向这对新婚夫妇表示衷心的祝贺！接下来，两位新人将进行第一次合作，一起点燃象征着日月同辉、心心相印的烛台。倒香槟，切蛋糕。有请工作人员敬献甜美的香槟……

（以下为倒香槟、切蛋糕的过程，因有些新人不安排这些流程，即略。）

西式证婚词：新郎某某，新娘某某，祝贺你们！

群文漫路

结婚是一种承诺，是一生的相互陪伴，这里包含了两个人的相互帮助、安慰和爱护。婚姻代表了一男一女之间建立了亲密无间的关系，然而，这种亲密关系，不应该使你们任意一方变得软弱；相反，应该令你们双方都变得更加坚强。生活可能会给予你们想到或者想不到的困难和压力，但是爱，能让你们的生活更加美丽；爱，能让你们的生活充满希望；爱，能让你们所有的愿望变成现实；爱，也能治疗你们曾经受到的伤害；爱，能让你们肩上的负担变轻；爱，为你们带来欢笑，将希望吹进你们的心田。现在，请新郎新娘在所有的来宾们面前，郑重回答我以下的问题：

新郎某某，你是否愿意和某某小姐结为合法夫妻，从今开始，无论贫穷或富有，无论健康或疾病，无论顺境或逆境，无论她年轻靓丽或容颜憔悴，你都能够与她相亲相爱，相依相伴，相濡以沫，一生一世，不离不弃，你愿意吗？（新郎：愿意！）（音乐加强）

新娘某某，你是否愿意和某某先生结为合法夫妻，从今开始，无论海枯或石烂，无论地移或山转，无论经风或历雨，无论他风华正茂或白发苍苍，你都能够与他相敬如宾，相互帮助，相夫教子，一生一世，永结同心，你愿意吗？（新娘：愿意！）（音乐加强）

证婚讲话：朋友们，接下来继续有请证婚人上台做证婚讲话。

朋友们！鲜花感恩雨露，因为雨露滋润他成长；苍鹰感恩长空，因为长空让他飞翔；高山感恩大地，因为大地让他高耸；我们感恩父母，因为父母让我们成长。接下来有请我们新娘爸爸讲话。（以上讲话都征求新人意见，可有可无。）

信物交换：父爱伟大，母爱无疆！感谢讲话！新郎某某，新娘某某，对于你们彼此之间的誓言，有天地做证，有所有在场的来宾为你们做证。下面有请伴娘敬献双方的爱情信物——结婚戒指。（新郎新娘相互戴上戒指）新郎新娘，这枚小小的戒指将见证你们未来的漫长婚姻生活，你们各自向对方许下的承诺，所以要给予对方生命中所有的忠诚和真实。戒指是圆形的，它没有起点和终点，从今天晚上开始，两位都将要担负起家庭的责任乃至社会的责任，再次祝愿两位一生一世，永远幸福！

（婚宴司仪行当，也因人而异。主持流程要迎合新人口味，也要配合婚庆公司，有时甚至要私人订制，所以准备着西式版本，但是万变不离其宗。）

本人主持风格版本

—— 创意文案

司仪：今夜幸福吉祥，今夜星光灿烂！（开场音乐响起）

好，各位来宾，各位朋友，首先欢迎大家来到我们某某大酒店，某某大酒店，也竭诚欢迎您的大驾光临。接下来，激动人心的时刻即将来临，等一下请在场的男士们伸出您宝贵的"佛手"，女士们伸出您温柔的"玉笋"，给我们今天的新郎新娘以热情的掌声哈，大家说：好不好？（好）咦？气氛不是很热烈啊？不过不用着急，我想：我们双方这么一沟通，今天的气氛肯定能够高潮加高潮，热烈更热烈，大家说对不对？（对）好了，朋友们，接下来就让我们用最热烈的掌声，有请我们今天帅气的新郎官闪——亮——登——场。新郎官跟随音乐气氛走上舞台。站定后，与司仪简短对白：

"新郎官，你好！"

"司仪，好！"

"今天开心吗？"

"开心！"

"为什么开心？"

"因为，今天我结婚了！"

"朋友们，让我们用热烈的掌声表示祝贺！新郎，你的心情我们大家都非常理解，但是值此良辰美景，我还是要问你一句话，你现在最最想办到的事情是什么？"

"早点见到我的新娘！"

朋友们，接下来同样让我们用最热烈的掌声，有请新娘入场！（哇，好漂亮的新娘子哦。）

新郎官，你看，你那美丽的新娘已经在她爸爸的精心呵护下、搀扶下，来到美丽的大厅。接下来，你就去迎接你那美丽的新娘吧！（完成交接仪式）

朋友们，掌声继续，有请两位新人步入神圣的婚姻殿堂！（奏响婚礼进行曲）朋友们，新郎新娘正沿着"黄金大道"向我们款款走来，大家拍拍手鼓鼓掌，送给我们今天的新郎和新娘，谁拍得最响，也许谁今天就能够中大奖！来！朋友们，掌声，欢呼声，尖叫声，在哪里！

各位来宾，各位朋友，刚才呢，伴随着大家热烈的掌声和惹人心醉的婚礼进行曲，我们英俊潇洒的新郎和美丽漂亮的新娘正满面春风地携手走进我们的婚宴大厅，同时，这也标志着他们将走上自己的新的人生里程。让我们用更加热烈的掌声向这对新婚燕尔的夫妻表示衷心的祝贺！

点蜡烛：朋友们，接下来，新人将进行第一次合作，一起点燃这象征日月同辉、心心相印的烛台！星星点点的小蜡烛象征着星星，大蜡烛象征着月亮，你要问我爱你有多深，月亮代表我的心！

倒香槟：各位来宾，各位朋友，今天某某和某某，终于喜结连理，洞房花烛。请允许我代表某某大酒店的全体员工以及在场的每一位亲朋好友，向他们表示深深的祝福！有请我们工作人员敬献甜美的香槟，掌声响起来！

两位新人将进行第二次合作，来，双手握住香槟酒瓶，大拇指抠牢瓶塞，使劲地上下摇啊摇，让这个香槟酒呢，流出来满出来溢出来。朋友们，掌声准备好了吗？预备！起！（配上音乐）"摇啊摇，摇到外婆桥，看我们新郎功夫好不好？"有请两位新人将酒倒入我们的香槟酒塔。

朋友们，大家都知道，水往低处流，人往高处走，让我们再次祝福两位幸福美满，在今后的日子里能够一帆风顺、二龙腾飞、三阳开泰、"四四"如意、五福临门、六六大顺、七星高照、八面玲珑、九九同心、十全十美、百事可乐、千年大喜、万事如意！掌声继续！

切蛋糕：两位新人不仅为大家准备了甜美的香槟，而且为大家准备了甜美的蛋糕。接下来，新人又将进行第三次合作。来，双手握住宝刀，在我们甜美的蛋糕上温柔地切三刀，先是下面一层，再是中间一层，最后是上面一层，意味着步步高升、蒸蒸日上。两位真是一对新版的神雕侠侣，杨过和小龙女，掌声在哪里？

新郎新娘，甜美的香槟和甜美的蛋糕象征着永恒的爱情，也凝聚着在场每一位亲朋好友的美好祝愿，祝愿你们在今后的日子里，鲜花常开，爱情永驻！来，新郎官，咱拉拉手，好朋友，您结婚，我喝酒，还带了这么多的亲朋好友。

朋友们，古语说得好："洞房花烛夜，金榜题名时，久旱逢甘雨，他乡遇故知。"这是我们中华民族自古以来的四大喜事，今天是我们某某先生和某某小姐，人生当中的第一大喜，此时此刻，我想，新郎官的内心肯定是激动无比、无比激动，美妙绝伦、绝伦美妙。接下来，我提议，有请今天的新郎官为大家做简短的总结发言，大家说，好不好？（好）这么多的亲朋好友在这里，居然没有我一个人的声音大，大家说，好不好？（好）这还差不多。

新郎讲话内容自由发挥，一般固定模式如下：

各位来宾，各位朋友，大家晚上好！

值此我和某某的大喜之日，我要一谢父母的养育之恩；二谢岳父岳母为我培养了这么聪明能干、漂亮的新娘子；三谢亲朋好友能在百忙之中光临我的婚宴。大家吃好喝好，谢谢大家！

感谢新郎官热情洋溢的讲话。朋友们，我们相信，双方的父母都会以这对新人为豪的。

夫妻三拜：接下来，我们就进行隆重的拜堂仪式。两位新人请站好，"立正"，不用着急，跟你们开个玩笑。

新郎新娘，今天是你们的大喜之日，也就意味着今后你们要生活在一起。男人是天，女人是地，天大地大，爱情伟大，祝你们夫妻同心，遍地黄金，来！一拜天地，掌声鼓励！

新郎新娘，今天你们结婚了，你们能够成家立业，事业有成，当然离不开父母双亲，以及在场的每一位朋友的爱心，来，二拜亲朋！（鼓掌）

新郎新娘，今天你们结婚了，以后就要和睦相处，相互尊重，有商有量。来，小夫妻俩，转过来，面对面，靠近点儿，对！亲朋好友们，今天，我们来此有两大任务，一就是张张口——吃，二就是拍拍手——闹，大家说，对不对？那掌声配合着响起来，夫妻对拜头碰头！很好，转过来。这一碰寓意着白老偕头。随即配合着音乐跟进男生唱《我愿意为你》。

中气十足，铿锵有力啊！好了，朋友们，今天非常难得，大家今天来到这么高档的酒店来品尝两位婚宴的菜。但是，我们今天的第一杯喜酒，应该由新郎新娘先喝的，有请工作人员，敬献交杯酒。

喝交杯酒：每人一杯，不要多拿，拿错了要罚款哦。来，朋友们，放下您手中的碗筷，掌声继续为新人，同时也为我鼓励一下，好吗？来，新人双手交叉，喜喝交杯酒……酒……酒……酒，幸福生活长长久久！来，检查一下，哇，这么大的杯，都喝得这么光，不过，千万不要生气，"喝得这么光，生的孩子一定聪明灵光；喝得这么到底，生的孩子一定是聪明无比！"

朋友们，大家都知道女孩子最最漂亮的一天。一定是结婚的当天，大家说，今天的新娘子漂亮不漂亮？（漂亮）漂亮啊？亮不亮，看脸蛋。亮不亮，您自己看。我们新娘子，左眼亮晶晶，右眼亮晶晶，一看就是大明星。既然新娘子长得这么漂亮，就让我们一起现场采访一下今天年轻漂亮的新娘子。

新娘子唉！

唉——（回应一定要拖长音）

请问新娘子，今天高兴不高兴？

高兴！（但是司仪故作听不清，多问几次）

真的高兴？

高兴！

新娘子，刚才的交杯酒甜不甜？

甜！

对！朋友们，结婚是新生活的开始，更是美好爱情的延续，让我们衷心祝福这对新人恩恩爱爱、和和美美、永结同心、白头偕老、早生贵子！掌声为他们加加油、打打气！

交换戒指：继续有请美丽的伴娘，敬献双方的戒指。有请！（双方佩戴戒指）朋友们，戒指，它是圆形的，它没有起点，也没有终点。我们相信，两位新人在今后的道路当中，都会遵守各自的诺言，相伴一生、幸福永远！

好，各位朋友，各位来宾，在这里本司仪，也代表某某大酒店和某某婚庆公司，祝来宾朋友们，在新的一年天天乐百氏，月月娃哈哈，季季开心果，年年脑白金，谢谢！

（除中式、西式婚礼主持程序，主持人也要有自己的风格。这是我用得最多的个人版本。）

阿大汤溪

——汤溪方言顺口溜

上台不唱"赖平鬼"怕赤脚怕种田，

去做生意亏了五六千；

今天杭州—汤溪同乡会，

便唱唱啊——大——汤——溪！

唱汤溪，讲汤溪，

比比以前讲现在，

汤溪面貌日日在大变，

听我东南西北讲仔细：

靠东面，白沙驿，

水泥公路白先先，

通金华，上兰溪，

只要站站路边沿。

汽车来，手记厌（方言，"手一摆""招手即停"的意思），

"突"的一记多方便！

本来这个东山山背树林一大片，

柑橘杉树松树抽嫩箭，

野猫想结婚，野兔牵红线，

黄鼠狼，打相打，红麂来出面。

老鼠打地洞，野鸡开酒店，

满山满畈，麻狸称皇帝。

现在是，汤中医院造别墅，

地皮的价格上升了好几千，

土地开发平整了一大片，

一直通到下潘的铁路沿。

火炮厂，火炮有粗细，

加油站，加油多方便，

东湖里，养起珍珠苗，

广场上，武警支队把操练，

立正，稍息！一、二、一！

汽车站，靠南边，

车站底下的路两沿，

一边有些收购站。

收购站里收收破东西，

破铜、破铁、破皮线，

塑料、鳖壳和碎片，

不看这些破东西，

破东西里能够赚来大铜钿。

一边有些建材店，

地砖、面砖、墙漆王，

石灰、水泥、踢脚线，

钢筋、木头、坐便器，

油漆、石膏、玻璃店。

九峰移民天地新，

家家户户搞基建。

通厚大的路两沿，

你的还没看见，

手工陶瓷是基地，

那个砖窑瓦窑一个一个一个一个

好像格老母鸡，

青年后生玩乌泥（方言，泥土），

个个好像"包青天"。

烧起砖头和瓦片

个个月里增收了好几千。

靠西边，是莘畈源，厚大溪，

灌溉了多少山背和良田。

原来的，农机厂、棒冰店，

粮站米厂生产一条线。

到浴室里要买票，

粮油公司买油盐，

小猪湾里好市面，

"努哩努哩"都钞票。

菜市场吃菜多新鲜，

荤的素的样样齐：

猪头、猪脚、金华肺，

青菜、辣椒、多不西，

鸡鸭、鱼肉、牛脚蹄。

豇豆、落苏和粉线，

呵呵，这边有些牛肉店，

呵呵，这边有些白切鸡。

开发区，在北边，

厂矿企业连成片。

供水中心水清甜，

复合肥厂保青苗；

鸡蛋厂，蛋新鲜，

工艺品厂做坐垫；

胖胖玩具品种全，

汤溪还有太空棉；

五金厂，生产螺丝、螺帽和垫片，

厨房用品厂，生产菜刀、锅铲、卫生筷；

有的厂，糊纸盒，

有的厂，搞机械，

塑料公司效益最明显，

塑料袋里都抽出白毛尖。

金西开发区，成立2003年，

托管罗埠、洋埠和汤溪，

招商引资有力度，

金西开发危险坚。

引进企业上百家，

生产经营多方面：

服装、内衣、绗缝被，

针织、皮带、纺织业；

旅游、箱包、工艺品，

文具、彩印、加工业；

电动、工具、防盗门，

化工、油漆、铸造业；

健身、器材、电焊机，

汽配、模具、做配件。

亚轮公司做化纤，

绿峰企业出茶叶；

万里扬，搞机械，

詹士汽车做配件；

一枝秀，有机米，

烧起的饭吃就吃碗添。

金城花园人气旺，

有些人家买又买幢添。

金西子大造宾馆，

要接待你们这些老板回去办企业。

汤溪好，好汤溪，

东南西北好阵势，

工农商，大发展，

中心街上好市面。

满街水果批香烟，

饺子包子拉拉面；

彩电冰箱电风扇，

超市百货服装店；

还有一个老老货（方言，老头子），

书店门口写对联；

工艺社，收钟表，

幼儿园，关"皇帝"；

还有两家最大的剃头店，

老汉老母进去也要变青年；

街道沿，些老店，

嗯子啊子搞拆建，

瓷砖贴贴好门面。

这条商业街路上，

日日人头好几千，

一日到晚像过年，

箩担挑起买东西。

那两个井头沿，那个天亮变，

聚银官，怕别人，来看见，

噼里啪啦躲着洗衣服。

汤溪好，好汤溪，

公益事业上了水平线。

数字电视不消装天线，

电信移动自动又方便；

九峰水库水清甜，

虹戴公路通汤溪；

省级文物单位城隍殿，

城隍老爷是个鬼皇帝，

手下有牛头、有马面，

那个建筑雕刻整个中国都少见；

古村落，寺平村，

是金西农村建设的新名片；

汤溪村，有传统，

老汉老母六十岁，

老早村里领领养老费；

九峰山，住神仙，

引来多少青年后生咔嚓咔嚓拍照片；

我汤溪，还有全国劳动模范陈双田，

他八次和中央领导见过面。

劳动最光荣，影响刺激了多少汤溪农民，

没日没夜轰轰烈烈撑事业！

今天是金西开发区，

杭州—汤溪同乡会，

我还要和大家弄二下，

钱福寿，福寿钱，

一丁恭喜九寿先，

欢迎杭州的各位大老板，

回来投资办厂搞发展；

领导能人多出面，

金西办事更方便；

情况条件允许下，

多点儿快点儿拨钞票；

恭喜金西开发区，汤溪老百姓的生活日子越过——越香甜！

（我一般到一个地方工作，就会按当地的方位创编顺口溜，这些顺口溜都是一个地方一个时期的缩影。可惜之前都是手稿，遗憾找不到了。我记得在蒋堂、罗埠创作过，蒋堂的顺口溜是按照"铁路上""铁路下"来编撰的，"汤溪话"都是我自己演唱的，效果很好。）

我演唱顺口溜的最早剧照

喜唱塔石山区大变化

——汤溪方言顺口溜

新农村，真热闹，
敲锣打鼓放鞭炮，
政策开放富得快，
全区各地传喜报。
听我上台唱一唱，
塔石山区大变化。
说变化，唱变化，
快活日子看得到，
柴米油盐不必谈，
衣食住行变得快。

以前衣裳破又破，
针线生活手缝破，
哥穿穿，弟套套，
缝缝补补还不破。
现在是：
西装西裤戴领带，

下雨天气穿着白皮鞋，
两个手机挂皮带，
从头到脚都名牌，
吊带背心高跟鞋，
下雪天气穿旗袍。

以前吃吃冷饭煲，
恨不得把碗都咬破，
腌肉挂着就看看，
实际吃菜吃菜桩（根）！
现在是：
家家户户煤气灶，
厨房用品都配套，
大盘小盘高压锅，
微波炉里热得快。
老酒红酒高粱烧，
山珍海味日吃晚，

汽酒啤酒加饮料，
肠胃不好两下吃肚拉。

以前住在半山腰，
起风下雨胆吓破，
家里一点污泥屋，
吹了倒了没处打报告。
现在是：
新农村建设力度快，
村村整治搞美化，
三层四层不嫌高。
路硬化，灯亮化，
超过衢州大开化。
水净化，树绿化，
环境好比我们大金华！
以前走路穿草鞋，
上山下山拖青柴，
脚抽筋，腰扭刷（伤），
"唏呼唏呼"脚起泡。
现在是：
深山冷坞通汽车，
"呼啦呼啦"危险快，
不管银岭、张村接遂昌，

还是岱山、南坑连"台湾"（本地
　　　　地名），
百村百姓（村）开得到，
四面八方通世界，
康庄工程呱呱叫！

衣食住行唱完成，
再唱塔石集镇大变化：
塔石外滩好风光，
铁索的栏杆一直道，
路灯盏盏都彩色，
恋爱的后生乐开花。
路边商店菜市场，
天天东西不够卖。
土鸡土鸭土鸡蛋，
山里土货木牢牢，
高山蔬菜名气大，
欢迎您来，半买半送批发价！
敲竹板，道道道，
山区变化当真快，
休闲场地练舞蹈，
打打麻将游胡牌。
种田取消农业税，

困难农民享低保，　　　　　党的恩情永不败，

有病有痛好医疗。　　　　　红军标语传万代，

毛竹杉树抽嫩叶，　　　　　感谢党的十八大！

（当时我在金东区文化馆工作，应时任婺城区塔石乡书记袁俊
平同志邀约所作。）

图为塔石外滩，由塔石乡党委副书记李海滨同志友情提供

欢天喜地征岩头

——汤溪方言顺口溜

六月不愁没日头，

好汉不怕不出头；

十月的甘蔗甜心头，

甘蔗节节出彩头；

今天上台便唱头，

唱唱我大征——岩——头！

征岩头，出人头，

历朝历代也是大姓落脚头；

征岩头，出人头，

金华府里也出过一支好笔头；

征岩头，出人头，

朱一彪，个人外面走江湖，跑码头，

看病卖药卖拳头，

那个口谈讲功数一流，

哪里还有这么好的好对头；

征岩头，出人头，

朱连枝，叫老头，

三十多年的老书记，树好样，带好头，

百姓群众嚼舌头，

个个都竖大拇指头。

老话讲：水呗往低流，

人呗爬高头。

你大征岩头，

以前咋没神明头，

九石垄，以前的田畈头，

柱哒一把大锄头，

都堆哒那个田横头。

坐哒"吧嗒吧嗒"吃烟蒲日头，

做生活好像厌佛头，

只晓得那田藤头，

后坎炕沿种缸头，

一天到晚板泥块光，

挣不着一个五角头。

生产队里，都超猪，都脱头，

只好在家里拍额头。

前后弄堂好像鸡舍头，

垢里垢积真正没花头。

所以你大征岩头，

历史从来有讲头：

说征岩头，征岩头，

有田有地有山头，

有溪有水没埠头，

有女不嫁征岩头，

宁可送送罗埠上街头。

老话讲：

鸡窝的鸡蛋想得头，

泥里的甘蔗想抽头。

国家形势有转头，

新农村的建设出风头。

分田承包到户头，

全村百姓都住三层楼，

家用电器装插头，

西装领带有噱头，

荤的素的有吃头，

家家户户开汽车。

生活日子有出头，

环境整治开了头，

党员干部都带头，

社员都看火车头，

前后弄堂装灯头，

整治环境像剃头，

不留一个死角头，

也不放过大钉头。

那个广场上，好跳舞，好打球，

征岩头的变化，

从头变到脚，从脚变到头。

那个凉亭脚，那个大桥头，

一对青年后生脚对脚、头对头，

卿卿我我鼻头对鼻头。

多日下雨比臭臭，

今天朵朵出日头，

甘蔗节的征岩头，

好事好日好彩头。

红旗灯笼挂路头，

捆捆甘蔗摆门头，

种甘蔗，靠劲头，

卖甘蔗，靠舌头。

定要改变以前的老套头，

邀请政府领导来牵头，

甘蔗出自征岩头，

红彬彬，白仙仙，

好比十八九岁大相娘的肉骨头。

一口进，一口出，

"嘻哈嘻哈"有肉头，

一即吞到喉咙头，

"哦噢"——

全身骨头都酥抠。

甘蔗节的征岩头，

好事好日好彩头。

要吃要买你开头，

特色甘蔗有吃头。

家家户户上横头，

亲戚朋友来添人头。

买来鸡头、鸭头、和鳖头，

狗头、牛头、煮猪头，

还有蔬菜、冷盘、海蜇头，

上横头的客人还要吃酒发拳头。

钱不愁，不愁钱，

不愁钱，钱不愁，

一定恭喜征岩头：

好事好日好彩头，

甘蔗节日正开头，

以后干部社员多商量多碰头，

征岩头的生活日子一定会：

越过越凑头，越——凑——头！

（2015年11月19日晚，应时任婺城区罗埠镇委书记邵天加同志邀约所作，并兼当开幕式主持人时现场演唱。该村是甘蔗专业村。本人连续参与策划、主持两届甘蔗文化旅游节。）

初心传承　匠心筑梦

——2019首届"金东工匠"颁奖典礼实施方案

为了深入贯彻落实党的十九大精神和习近平新时代中国特色社会主义思想，培养选树一批具有精益求精、严谨细致的高超技艺，追求完美、创造极致的创造精神，具有攻坚克难、创新超越的优秀品质的"金东工匠"，充分发挥先进人物的示范领军作用，引领建设一支知识型、技能型、创新型劳动者队伍，从而推动"实业兴区、创新强区、生态立区、人文富区"四大战略的实施，进一步提升职工岗位责任感、职业荣誉感、企业归属感和历史使命感，为"高质量建设和美金东、高水平打造希望新城"提供有力的技能人才保证。金东区劳动竞赛委员会和金东区总工会，决定开展首届"金东工匠"评选活动和举办首届"金东工匠"颁奖活动。

一、活动主题：初心传承匠心筑梦

2019首届"金东工匠"颁奖典礼

二、组织机构：

主办：金华市金东区劳动竞赛委员会

承办：金华市金东区总工会

三、颁奖时间：2019年5月9日下午两点

四、颁奖地点：金东·施光南音乐厅

五、晚会思路：

整场晚会以审核评定公示的10位首届"金东工匠"事迹为主线，利用前期录制的 VCR（视频片段）进行大屏展示，依次请出工匠人物，发表创业感言、介绍工作点滴或请领导、嘉宾、同事上台分享，授予工匠奖杯等，以此凸显"初心传承、匠心筑梦"的主题。中间以若干反映劳动最光荣的文艺节目穿插过渡。

六、活动流程：

暂定男女主持人各一，主持词需要撰稿审核。

男主持：戴东明（金东区总工会党组成员、挂职副主席）

女主持：冯盈（金东区教体局老师）

2019首届"金东工匠"颁奖典礼主持流程稿

（开场歌舞《中国美》后，音乐烘托主持人上台）

男：山也美，水也美，山水之间流淌着，金东的大气和美！

女：天也美，地也美，天地之间传承着，金东的希望和智慧！

男：五月的大地，桃红柳绿，处处生机涌动。

女：五月的金东，热火朝天，处处繁忙景象。

男：一个民族的强盛，离不开精神的支撑。

女：一个国家的繁荣，离不开人民的奋斗。

男：尊敬的各位领导、各位来宾，来自各行各业的广大职工朋友们，为了庆祝五一国际劳动节，喜迎中华人民共和国成立70周年，深化"中国梦 劳动美"主题活动，今天，我们在这里举办：初心传承 匠心筑梦——2019首届"金东工匠"颁奖典礼。请允许我向大家介绍一下今天出席本次活动的领导、嘉宾、朋友们。他们分别

是——(男女依次)

（介绍领导后，主持人：谢谢，再次以热烈的掌声表示欢迎。）

女：朋友们，深入贯彻落实习近平新时代中国特色社会主义思想和党的十九大精神，建设一支知识型、技能型、创新型劳动者队伍，弘扬劳模精神和工匠精神，营造劳动光荣的社会风尚和精益求精的敬业风气，这是新时代的召唤。

男：对，金东区委四届五次全会提出，要大力实施"实业兴区、创新强区、生态立区、人文富区"四大战略，就更离不开先进人物的示范引领作用。我们培养选树一批具有高超技艺、富有创造精神和优秀品质的"金东工匠"，以此来引领提升全区广大干部职工的岗位责任感、职业荣誉感、企业归属感和历史使命感，为"高质量建设和美金东、高水平打造希望新城"提供强有力的技能人才保证。

女：2019首届"金东工匠"的评选活动，是由金东区劳动竞赛委员会主办、金东区总工会承办的。经过前期的各级单位部门工会的推荐、网络投票、专家评审、劳动竞赛委员会审定和媒体公示等环节，产生了10位首届"金东工匠"。今天他们将齐聚在这闪耀的舞台。

男：下面，就让我们一起走近2019首届"金东工匠"们的故事，感受他们日复一日的平凡，和在平凡岗位中孕育的伟大。

（一）第一位获奖人

女：金华火腿，历史悠久，驰名中外，是我国传统肉类腌腊食品的精品。它不是罐头熟肉制品，而是猪肉的腌腊制品。火腿的创制问世，是我国人民对肉类的保藏、运输、长期携带进行探索实践的成果，是对肉类食品多样化的一大贡献。2008年6月，金华火腿入选国家级非物质文化遗产名录。接下来让我们一起来认识今天的第一位"金东工匠"，一位长期从事火腿腌制技艺的专家。

视频资料：（略）

颁奖词：打造经典，您不遗余力；传承非遗，您大胆创新。金华火腿，因为您，更加驰名中外；金华火腿，因为您，必将成为古婺金华永不褪色的金字招牌！

男：掌声有请，金华火腿行业协会副会长、金华金年火腿有限公司总经理——王伟强！有请颁奖嘉宾，新获评浙江省劳动模范、金东区曙光小学校长——张根兵。

2007年张根兵任曙光小学校长以来，他和他的团队孜孜以求地探索"活力教育"，实施素质教育。"早上书声琅琅，中午翰墨飘香，下午各展其长，每天健康阳光"成了曙光小学"活力教育"的核心。学校先后获得了省艺术特色学校、省体育特色学校等41项市级以上综合荣誉。"拼命三郎"张根兵有两个梦想：一是当好校长，二是做好老师。施光南合唱团代表浙江多次出征国内顶尖合唱节并获大奖。舞蹈《放学啦》参加中央电视台青少年春晚，并获全国一等奖。

男：请大家欣赏精彩的文艺节目，歌曲《大国工匠》。

（二）第二位获奖人

女：地下供水管网，是我们城市的生命线，每天都会有几十万立方米的自来水，通过城市地下管网输送到千家万户。安装自来水管道，对尺寸的精准度要求特别高。管道一旦破裂，抢修人员就必

群文漫路

须第一时间赶赴现场，不管是烈日当头还是大雨倾盆，抢修人员都需要全年备勤，全天守候。

视频资料：（略）

颁奖词：您从嘈杂的建筑工地上走来，您从密密麻麻的地下管网中走来，您的身上，彰显着城市的精彩！您是快乐的建筑者，您是骄傲的管网设计师，您是城市水网的忠诚守护者。

男：掌声有请：金华市婺江装饰集团有限公司管工班组长——童益春。

男：（随机采访）：您怎么就能坚守在一个平凡的岗位上达25年之久？

获奖人：我是城市水网的守护者，我热爱自己的工作。

男：有请颁奖嘉宾，新获评浙江省劳动模范、浙江李子园食品股份有限公司董事长——李国平。

1995年，李国平创办了浙江李子园食品股份有限公司，目前公司产品遍布全国20多个省，共有全国经销商1200多家。2018年，公司纳税总额突破7000万元，连续多年名列金东区纳税第一。李国平同志说："产品质量就是企业发展的生命。"2018年，李子园荣获金华市政府质量奖。公司先后荣获农业产业化国家重点龙头企业、中国驰名商标等荣誉称号。

（三）第三位获奖人

在我们金东的制造行业，有这么一位奇人。他经过2年的磨工历练，再从事2年的工装设计，任技术副厂长3年，2008年任常务副总至今已有11年。虽然走上了管理岗位，但是他没有放弃自己的手艺，依然满怀豪情、勇于创造。近5年间，他所创新的科研成果获得国家知识产权局专利及创新成果达9项。

视频材料：（略）

颁奖词：您是制造行业的精英，人生和事业充满着韧性，正如您的创新项目一样，您有着深不可测的"锥度"！您甘当"普通内圆磨床夹具"，您愿当"攻螺纹钻机"，你愿做"重卡变速器中间轴齿轮"。您秉承工匠精神，持续"高精度驱动"，谱写熠熠生辉的华彩乐章！

男：掌声有请，浙江大众齿轮有限公司常务副总——章生辉。

男：有请颁奖嘉宾，新获评浙江省劳动模范、金华市公安局金东分局民警——陈红。

陈红同志是警界一枝花，擅长利用网上信息侦破案件，在公安机关属专家能手型人才。巾帼不让须眉，从警31年，陈红同志饱含激情，始终如一，以甘为孺子牛的服务精神，开拓进取，表现忠诚坚定，曾立个人三等功二次，获嘉奖及各类表彰数十次。

男：请大家欣赏精彩文艺节目，杂技舞蹈《荷塘月色》。

（四）第四位获奖人

《论语》中有这么一句话："工欲善其事，必先利其器。"常言说得好："磨刀不误砍柴工。"工匠在做工前打磨好工具，操作起来就能得心应手，就能达到事半功倍的效果。下面这位"金东工匠"就是以此为职业操守的。

视频资料：（略）

颁奖词：您实而不华，您俏不争艳，三十年的坚毅执着，恰是对"不忘初心，方得始终"的生动诠释。您耐得住寂寞，您守得住定力。传承，但不故步自封；持续，但不因循守旧。您用平凡擦亮了爱岗敬业、劳动光荣的价值底色。

男：掌声有请，金东区孝顺精研机电有限公司车间主任——季国庆！有请颁奖嘉宾，全国五一劳动奖章获得者、赤松镇中心卫生院副院长——项建明！

身残志坚、扎根基层、以院为家，促进卫生院业务迅速发展；刻苦钻研、一专多能、医术精湛，一位名副其实的全科医生；爱岗敬业、乐于助人、无私奉献，时刻展现仁医仁术的白衣天使；走街串巷、下村入户、健康呵护，实践证明他是居民健康的守护神。

（现场采访："神医"小故事）

（五）第五位获奖人

对于许多人来说，阳台只不过是一个洗晒衣服的场地，但是对于有追求的人来说，阳台，完全可以升级为一个休闲场所。比如，阳台上的晾衣机加入蓝牙音箱，就可以让您在阳台品茶、洗衣服时还能听听歌曲。晾衣机还可以安装遥控升降、烘干杀菌、照明功能，等等。接下来让我们一起来认识一位专门研究该项领域，并获得成功的"金东工匠"。

视频资料：（略）

颁奖词：您，雷厉风行，刚健果断；您，精益求精，勇于挑战。是您，让阳台升级成为休闲的运动场；是您，让晾衣机的家族拥有"九代同堂"。您是年轻的"达人";您是时代的"极客"!

男:掌声有请,浙江好易点智能科技有限公司技术总监——李雷刚!(现场采访)李雷刚笑称自己是"极客"。"极客"一词常被定义为对感兴趣领域投入大量时间钻研,以创新、技术和时尚为生命意义的一群人。它所蕴含的"极客精神"与当前受到众人热捧的"匠人精神"有异曲同工之处。"产品不创新,设计产品的人也不会有突破。"平时李雷刚也格外关注一些新设计,拆解优秀产品学习它的设计理念。涉及晾衣机相关技术的产品,比如,与晾衣机烘干功能相关的吹风机,李雷刚更是拆解研究了不少。

男:有请颁奖嘉宾,金东区总工会党组书记、主席陈献军。

(六)第六位获奖人

女:俗话说得好"三百六十行,行行出状元""十八般武艺样样精通"。他就是从事机械制造行业长达25年的多面手。

视频资料:(略)

颁奖词:技改36项工装、40多个零件,节约150万元,您,好大胆。成功消除和降低震纹技术,并不是天方夜谭,那是您,25年的勤学善思。"金东数控技能之星"名不虚传。

男:掌声有请,浙江华丰电动工具有限公司金工车间主任施世平!有请颁奖嘉宾,金东区政协党组副书记、副主席胡则鸣。

(文艺节目紧随其后:诗朗诵《金东工匠》。)

（七）第七位获奖人

女：有人说，人生没有四季，努力就是旺季，不努力就是淡季。只有初中文化程度的余承阳，深深知道，不努力学习，终究会被时代抛下，被社会淘汰。他一边向同事工友探讨请教，一边赶赴金华学习新知识，终于练就了"九指神功"。

视频材料：（略）

颁奖词：实干、拼搏、坚持，练就了你。火一样的热情，燃烧着你的匠心。"九指工匠"一举成名，"承阳神功"威震武林。

男：掌声有请，浙江亚孙砂轮有限公司装备部部长余承阳！

男：有请颁奖嘉宾，金东区人民政府的领导。

（八）第八位获奖人

女：他没有惊天动地，而是持之以恒，默默无闻；他从不怨天尤人，而是积极进取，坚守十年如一日；他用自己的言行诠释着党员的先进性，谱写着朴实却又感人的"工匠"赞歌。

视频资料：（略）

颁奖词：沾满着泥土的芬芳！捎带着机器的声响！您是技改节能的使者，您是平凡朴实的工匠。完美诠释，默默耕耘，您是最美亚虎人，亚虎工具因为有您，而虎虎生威！

男：掌声有请金华市亚虎工具有限公司机电部部长——盛希珍。有请颁奖嘉宾，金东区人大常委会组成人员。

（文艺节目紧随其后，小组唱《爱你金东》。）

（九）第九位获奖人

女：爱岗敬业，勤于钻研，几十年如一日，坚守在道路桥梁建设一线，练就用肉眼就能看出细微数据差别的能力。他在平凡岗位上用坚持、踏实，书写着永恒的工匠精神。

视频材料：（略）

颁奖词：您不愧是建筑行业的"老黄牛"！您算得上公路桥梁界的"铸造神"！您称得起交通领域的"追梦人"！您的足迹踏遍大江南北，您"火眼金睛"，明察秋毫。愿您的事业坦途，永放光芒！

男：掌声有请，浙江天晟建材股份有限公司生产经理、高级技工——陈永光！

男：（现场采访）2015年，陈永光在330国道婺城区段进行现场施工监管。一段600米的桥梁必须要在规定的时间内完成通车，但新路浇筑好的道路桥梁必须进行数天的保养才能投入使用。为了保质保量地完成任务，陈永光起早贪黑地查找资料。功夫不负有心人，一种北方使用的蒸汽保养法解决了这个难题，这才使得团队按时完工。

男：有请颁奖嘉宾，金东区委的领导。

（文艺节目紧随其后，舞蹈《筑路人》。）

（十）第十位获奖人

女：他的父亲是村里有名的木匠，他从小就钻研木头，了解木头习性。16岁时，他与二哥一起离家学艺，与木雕结下了一生的缘分，积累了丰富的经验，成立了自己的雕刻工作室。由于作品构图饱满、层次清晰、刀法纯熟，他在业内广受好评。

视频材料：（略）

颁奖词：有时，您大刀阔斧，可以让人物起死回生；有时，您精雕细琢，可以让时光回转倒流。您，有一双神奇的手；您，更有一颗执着、敬业、顽强的"匠心"！

男：掌声有请，金华市盛弘工艺工作室木雕大师——王冬明！

男：有请颁奖嘉宾，金华市总工会党组书记、副主席范冬岩。

（文艺节目紧随其后，歌伴舞《我们都是追梦人》。）

主持人结尾：

女：尊敬的各位领导各位来宾，天下没有不散的宴席，欢乐的时光总是那么短暂！

男：初心传承，匠心筑梦！ 2019首届"金东工匠"颁奖典礼接近尾声！

女：劳动创造价值，奋斗成就梦想，让我们进一步弘扬劳模精神，为"实业兴区、创新强区、生态立区、人文富区"四大战略贡献力量！

男：我们都是奋斗者，我们都是追梦人。让我们进一步践行工匠精神，为"高质量建设和美金东、高水平打造希望新城"而努力奋斗！

合：朋友们，再见！

（2018年4月—2020年4月，金东区委任命我为金东区总工会党组成员、挂职副主席。本活动全程由我负责筹备，我联系前期拍摄，撰写方案、颁奖词和主持稿，并担任主持工作。）

群文漫路

作者正在主持首届金东工匠评选活动

140

04

时事宣传三句半

2015年,《多湖党建亮点多》三句半分别由金华波、孟梅、柳灵娟、杨婷燊表演

打好"三改一拆"攻坚战

——三句半

敲锣打鼓咚咚锵，
文艺宣传送下乡，
城市农村都巨变，
——奔小康！

"三改一拆"历时三年，
今年拆不掉还有明年，
明年拆不掉怎么办？
——后年！

城乡面貌好风光，
但也有不和谐的地方，
违法建筑太多了，
——很受伤！

浙江省政府在温州召开现场会，
金华市政府在浦江召开现场会，
兰溪也要召开现场会，
——做得对！

旧住宅破旧不堪，
旧厂房废弃肮脏，
城中村普遍违章，
——要拆光！

前期进行过调查摸底，
大家不要有侥幸心理，
"三改一拆"动真格，
——等不起！

"三改一拆"是硬任务，
各级政府义无反顾，
绝对不会半途而废，
——没退路！

意见大、影响大的要先拆，
党员干部、代表委员带头拆，
违章建筑不留死角，
——要学乖！

143

“三改一拆”行动是重点，
要拆出成效改出亮点，
紧密结合美丽乡村建设，
——换新颜！

“三改一拆”能让兰溪更美丽，
“三改一拆”能让兰溪更富裕，
兰溪市民要有大局观，
——最给力！

“三改一拆”是发展所需，
“三改一拆”是大势所趋，

“三改一拆”更是民心所向，
——抢时机！

打好“三改一拆”攻坚战，
干部群众迎难而上，
不能站着等、靠、要，
——实干加巧干！

推进新型城市化，
改善城乡大面貌，
优化人居新环境，
——快拆掉！

（2013年4月24日，应兰溪市文化馆稿约而作，用于文化下乡宣传演出。）

群文漫路

库区移民天地新

——三句半

敲起锣鼓咚咚咚，
九峰水库开了工，
干部群众齐协力，
——心相通！

九峰水库是重点，
计划已经四十年，
如今上马动真格，
——笑开颜！

水库造好为农田，
防洪抗旱在眼前，
结合供水和发电，
——不赚钱！

市区下派工作组，
库区人生地不熟，
走村串户讲政策，

——不怕苦！

库区移民高觉悟，
重点工程齐拥护，
移民搬迁新天地，
——步步富！

移民安置三个区，
汤溪、上邵和乾西，
移民计划早落户，
——抢时机！

辛辛苦苦几十年，
不如移居两三年，
金窝银窝挪挪窝，
——窝更好！

沙畈移民到蒋堂，

现在人人喜洋洋，　　　　　　——呱呱叫！
家家户户做买卖，
——都办厂！　　　　　　　　敲起锣鼓咚咚咚，
　　　　　　　　　　　　　　等到水库完了工，
　　　　　　　　　　　　　　移民安居又乐业，
山清水秀固然好，　　　　　　——再庆功！
外面世界真奇妙，
搬迁之后才知道，

群文漫路

（2005年，婺城区文教体局指派我到九峰水库担任指导员时
所作。）

居家养老政策好

——三句半

敲锣打鼓真热闹，
文化下乡送文化，
今日宣传啥东西？
——居家养老！

进入21世纪，
中国老人一批接一批，
老汉老嬷要多起来，危险喂！
——2个亿！

年纪大了丧失了劳动力，
老人多了那可是大问题，
老汉老嬷要防老养老！
——不容易！

赡养老人是公民的义务，
常回家看看是我们的任务，
老汉老嬷相当可怜的！
——要照顾！

都说老人是块宝，
家家户户不缺少，
比比看，谁家对老人最好？
——不好找！

树大了，要开花，
人大了，要分家，
人老了，怎么办？
——敬老院！

敬老院里条件好，
吃喝拉撒有空调，
老人太多，没有床位了，
——糟糕！

敬老院里确实好，
但是老人太多去不了，
金窝银窝还是自己的窝好，
——对！居家养老！

居家养老模式好，
服务照料很周到，
生根落地的地方有感情喂，
——热闹！

居家养老模式新，
全区老人最开心，
这种政策历朝历代都没有过喂，
——是创新！

居家养老模式好，
服务中心多欢笑，
唱歌跳舞搓麻将，
——碰！杠上开花！

居家养老模式新，
子女家庭负担能减轻，
家庭关系会越来越好的！
——心贴心！

居家养老模式好，
老人集中供养吃得好，
那今天中午吃什么？
——黑鱼煲！

居家养老模式新，
政府部门要和农村心连心，
一定要把这项工作执行好，
——赛又拼！

居家养老模式好，
生活保障齐配套，
身体不舒服找卫生站，
——送上门！

居家养老模式新，
服务中心将越来越先进，
等到我们都变老，
——住中心！

（2013年4月15日，为配合金东区推广居家养老服务中心建设而创作，用于配合文化下乡宣传演出。）

群文漫路

身体健康是大事

——三句半

敲锣打鼓走上台，
欢迎大家到下宅，
参加全区现场会，
——哇，精彩！

现场会有主题，
就是鼓励大家练身体，
特别我们老年人，
——对，要积极！

下宅是个新农村，
文体工作很认真，
书记就是带头人，
——好，一百分！

抓经济有地位，
抓文体增品位，
新农村建设离不开文体活动，
——做得对！

身体健康是大事，
身强体壮能干事，
假如没有好身体，
——全坏事！

心态平衡很重要，
合理膳食真需要，
适量运动少喝酒，
——烟戒掉！

早睡早起身体棒，
坚持锻炼好习惯，
千万不要睡懒觉，
——当懒汉！

天天唱歌又跳舞，
人人练练太极拳，
浑身上下有精神，
——舒服！

为人处世要友善，
让人一步天地宽，
脾气暴躁伤身体，
——不划算！

赌博害人真不浅，
既害身体又输钱，
人财两空不可取，
——危险！

文体锻炼好处多，
老年朋友实惠多，
健康连着你和他，
——还有我！

国民体质要提高，
全民健身是正道，
大家一起跳起来，
——真热闹！

（应澧浦镇文化站和下宅村邀约所作，用于镇村文艺演出。）

衣食住行说环保

——三句半

敲锣打鼓乐淘淘，
农民朋友大家好，
今天我们说什么？
——环保！

环保就是环境保护，
环保需要大家协助，
特别是新农村建设成果，
——要爱护！

我们的生活充满阳光，
但是也有不如意的地方，
对生活环境造成危害，
——是污染！

人的一生离不开衣食住行，
生活细节需要时刻提醒，
只要人人重视环保，
——天下太平！

平时少买新衣服，
妥善处理旧衣服，
最好用手洗衣服，
——记清楚！

少买新衣服是降低能源消耗，
处理旧衣服献爱心有回报，
鼓励用手洗衣服节水又节电，
——很重要！

勤俭节约不忘本，
吃东西不能太好和太狠，
少用一次性的碗筷消耗品，
——能省就省！

吃动物，怕激素，
吃植物，怕毒素，
喝饮料，怕色素，
——真想吐！

要吃饭，多吃素，
穿衣服，要穿布，
要想自己少生病，
——多跑步！

吸烟有害健康，
少吃动物内脏，
拒绝烧烤油炸食品，
——身体棒！

农村造新房，请用节能砖，
绿色装修，简朴求自然，
花卉盆景，可以点缀客厅，
——低碳！

农村推广用沼气，
家电要买节能的，

资源循环再利用，
——给力！

城市最心烦的是堵车，
农村越来越多的是汽车，
提倡使用最环保安全的，
——自行车！

盛夏酷暑马上要来临，
用水关系每个家庭，
请大家珍惜水资源，
——行不行？

美丽金华是我家，
环境保护靠大家，
明天一定会更好，
——笑哈哈！

群文漫路

（时任金东区文化馆副馆长时所作，用于文艺下乡宣传演出。三句半基本都是自己创编自己出演。）

"五水共治"兰溪美

——三句半

敲锣打鼓咚咚锵，
文艺宣传送下乡，
城市农村都巨变，
——奔小康！

祖国处处好山水，
大好河山无限美，
谁都说咱家乡好，
——兰溪美！

兰溪自古就很美，
因为处处好山水！
有件事情也可怕，
——发洪水！

水患不治，兰溪就不美，
历届政府，从来不推诿，
根治水患，前赴又后继，
——谁怕谁！

兰溪人民害怕水，
兰溪人民也爱水，
兰溪因水名气大，
——是仙水！

如今省委、省政府发指示，
地方政府，五水齐共治，
如果干部工作不给力，
——就地免职！

治污水，排第一，
绝不让水脏兮兮，
只要查出污染源，
——全关闭！

防洪水，排第二，
今年制伏洪水，
根治十年九涝大水患，
——真优秀！

153

排涝水，排第三，

全面启动三江五溪闭合圈，

继续加固百里防洪堤，

——三面光！

保供水，排第四，

这是关乎民生大实事，

五水共治，人人有责，

——我宣誓！

抓节水，排第五，

科学描绘展宏图，

勤俭节约最根本，

——添幸福！

计划一年灭黑臭，

力争二年水质优，

争取三年能游泳，

——清凌凌！

五水共治全民皆兵，

人人参与万众一心，

五水共治兰溪美，

——排头兵！

（2014年2月12日晚，为兰溪市文化馆下乡宣传演出创编。）

垃圾分类政策好

—— 三句半

文化礼堂氛围浓，
阿郎四个心激动，
一起来段三句半，
——齐鼓掌！

今天专门说环保，
垃圾分类很重要，
家家户户不可少，
——要记牢！

农村垃圾要分类，
不要以为无所谓，
减少污染有好处，
——说得对！

乱烧垃圾有废气，
污染环境有毒气，
这种日子不好过，
——要脱气！

现在天气真稀奇，
常常雾霾下酸雨，
苍蝇蚊子死鱼多，
——怪自己！

建筑垃圾满地堆，
生活垃圾满天飞，
百姓生活受伤害，
——哎，可悲！

垃圾分类政策好，
节能减排废变宝，
利国利民利大家，
——政策好！

垃圾分类政策好，
行动一定要趁早，
宣传宣传再宣传，
——都别吵！

垃圾分类政策好，
废品也能变成宝，
有些能够做肥料，
——种花草！

果皮剩饭不回收，
纸张金属能回收，
除此之外算其他，
——不乱丢！

垃圾分类要齐心，
天变蓝来水变清，
生活环境上档次，
——呵，开心！

垃圾分类内容广，
指导手册来帮忙，

拿回家去慢慢看，
——还要干！

金义新区大规划，
胡塘新村美如画，
家家户户小高层，
——呱呱叫！

支部书记余小华，
干群团结如一家，
带头致富有奔头，
——人人夸！

好人好事说了一箩筐，
后面节目还有一大帮，
今天表演到这里，
——拜拜！

（金东区推行两项创新工作，一是居家养老服务中心建设，二是垃圾分类工作，都需要文艺下乡宣传演出。当时我应鞋塘文化站邀约创作本文，用于金义新区胡塘新村文化礼堂启用演出。）

远程电教党群乐

——三句半

敲锣打鼓走上台，
高矮胖瘦站一排，
党建工作我宣传，
——最精彩！

今天全省现场会，
目标工作要进位，
远程教育是主题，
——细领会！

利用电教和远教，
既能看到又听到，
随时随刻特方便，
——很可靠！

远程教育形式好，
寓教于乐不枯燥，
各地都要引导好，
——出成效！

共产党员在哪里，
网络覆盖到哪里，
党员带头亮身份，
——了不起！

党员干部受教育，
人民群众都满意，
党群关系硬如铁，
——谁能敌！

浙江党建走前列，
亮点特色一件件，
谋求更大云平台，
——不松懈！

路线教育年年有，
"三严三实"记心头，
"两学一做"重行动，
——不吹牛！

浙江党建节目精，
年年内容有创新，
方向紧跟新时代，
——服务中心！

中华民族要复兴，
伟大祖国要振兴，
人民群众奔小康，
——有信心！

浙江党建节目强，
年年主题新思想，
全国都有好影响，
——美名扬！

党旗基层高高扬，
新时代奋斗指南，
撸起袖子加油干，
——有内涵！

浙江党建节目强，
编织了远教数据网，
突出媒体一体化，
——云计算！

开通了时代先锋网，
运用了手机客户端，
还能现场直播呢，
——鼓掌！

党员教育很重要，
自觉学习更紧要，
宗旨观念须记牢，
——很重要！

增强电教引领力，
增强远教供给力，
增强传播影响力，
——拼全力！

抢占政治新高地，
远程电教是武器，
再给组织添光彩，
齐努力！

增强组织推动力，
增强时代创新力，
我们党务工作者，
——永不言弃！

群文漫路

〔根据全省组织处、两新处（科）长业务培训班上江美塘的讲稿《做好新时代党员电教远教工作的几点思考》（2018年7月31日），我和邢师军同志于2018年10月20日一起改编完成。〕

2022年6月18日，金东、婺城曲协在金东区"文艺之家"联合举办金华道情创作演唱培训活动

多湖党建亮点多

——三句半

群文漫路

敲锣打鼓咚咚锵，
多湖党建放光芒，
基层党建亮点多，
——听我讲！

基层党建认真抓，
一年接着一年抓，
今年主题是什么，
——党建＋（加）！

联村走访不漏户，
户户都能见干部，
群众利益无小事，
——为服务！

干部联村联党建，
责任清单要兑现，
作风建设有提升，
——看得见！

党员联系爱群众，
扶贫帮困不空洞，
四个必访四必到，
——见行动！

党员带头廉洁自律，
认真学习处罚条例，
共产党员堂堂正正，
——树正气！

党员例会月月开，
共谋发展不瞎掰，
新老党员坐一起，
——特别乖！

党员会议五议程，
学习态度很诚恳，
特别是，联村干部点评工作，
——准、稳、狠！

联席会议村三委，

民主决策乐开嘴，

坚持五议两公开，

——谁怕谁！

党员实行五星管理，

先锋指数大家评议，

书记还要述职报告，

——硬得起（方言，形容有骨气）！

党员干部要坐班，

服务便民理应当，

干群关系坚如铁，

——硬邦邦！

公开栏内常更新，

透明公开聚人心，

党建村务和财务，

——唰灵清（方言，清楚的意思）！

共产党员是面旗，

放得下来拿得起，

党员价值在哪里？

——奉献自己！

多湖党建亮点多，

今天不能一一说，

干在实处无止境，

——继续探索！

（大屏幕显示"干在实处，永无止境；走在前列，再谋新篇"字样）

（于2015年12月17日午时改编完成，用于多湖街道党员干部表演。）

"两学一做"明方向

——三句半

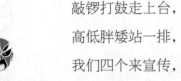

群文漫路

敲锣打鼓走上台，
高低胖矮站一排，
我们四个来宣传，
——"两学一做"！

"两学一做"是什么？
党章党规和讲话，
争做合格好党员，
——记灵清！

构筑美好中国梦，
"两学一做"不空洞，
党员干部要带头，
——见行动！

党员心中有大局，
"两学一做"要积极，
消极抵触不可取，

——要处理！

党员必须有信仰，
实事求是敢担当，
拉帮结派要不得，
——妄想！

中央权威必维护，
服从组织是天职，
党内团结更要紧，
——铁纪律！

个人服从党组织，
下级服从上一级，
全党服从党中央，
——大方向！

"一带一路"强经济，
依法治国得民心，

从严治党反腐败，
——顺民意！

严以修身谋事实，
严以用权创业实，
严以律己做人实，
——三严三实！

反对形式主义，
反对官僚主义，
反对享乐主义，
——反奢靡！

勤政为民重服务，
勤俭节约讲朴素，
发扬党的好传统，
——义无反顾！

党员干部要清白，

坚决不能胡乱来，
群众利益无小事，
——说得精彩！

学习党章和党规，
系列讲话动心扉，
"两学一做"重行动，
——不是吹！

思想教学最重要，
自觉学习更紧要，
宗旨观念须记牢，
——很重要！

"两学一做"重实践，
以学促做是关键，
党员干部齐努力，
——讲奉献！

曲艺 时事宣传三句半

（2016年2月19日，应金东区委组织部约稿创作完成。）

163

无限风光在安地

——三句半

敲锣打鼓我神气，
我的家乡很美丽，
你的家乡叫什么？
——叫安地！

安家立业叫安地，
桂花之乡出名气，
国家级的生态镇，
——真有味！（方言）

2002年，列入全省第十二个旅游度假区
2013年，获批国家级的生态镇，
2016年，又开始了小城镇环境综合治理，
——几十个亿！

金安公路还拓宽，
景观牌楼"高大上"，
还有一个好地方，小朋友们最喜欢，
——动物园！

公路拓宽通老街，
破的房子拆了一大片，
一通通到仙源桥，
——大改变！

石神庙，烈士墓，
渡船头，古窑址，
一步一景古建筑，
——珍珠链！

一条梅溪分南北，
梅溪两岸特别美，
一水之隔两世界，
——有风景！

北面是，白墙黑瓦马头墙，
南面是，欧式风情美洋房，
高层别墅一幢幢，
——来买房！

旅游宜居在喻斯，
生态滑道美滋滋，
小桥流水好人家，
——威尼斯！

水上乐园在回坑，
十里桂花在项村，
安地就是江南的小九寨，
——小丽江！

桂花糕，桂花鸡，
桂花茶，桂花蜜，
桂花小吃一大批，
——不容易！

小溪鱼，水库鱼，
大头鱼，石斑鱼，

小溪水库都是鱼，
——小心刺！

风情小镇是安地，
天然氧吧好空气，
吃住行，游乐购，
——多便利！

无限风光在安地，
历史的街区留记忆，
家家庭院有特色，
——显魅力！

敲锣打鼓我神气，
我的家乡很美丽，
欢迎大家来旅游
——到安地！

（2018年1月17日，应安地镇文化站邀约创编。）

165

2009年，作者（右）与恩师章竹林（左）在一起

家和万事兴

——三句半

敲锣打鼓真有劲，
日子越过越高兴，
到底谁有发言权？
——喏，老百姓！

改革开放三十年，
农村旧貌换新颜，
到处都是新农村，
——喜心田！

现在种田不交税，
子女读书还免费，
我们农民最实惠，
——对不对？

和谐是福，平安是金，
家和方能万事兴，
父子同心，婆媳和睦，
——最开心！

澧浦农民高觉悟，
积极拓展新思路，
家家户户增添了，
——幸福指数！

全乡积极创建"平安家庭"，
农民越来越精明，
再也不是乡巴佬，
——样样行！

普法宣传进家庭，
人人平等讲文明，
家庭和睦无暴力，
——拒绝毒品！

文化科技进家庭，
相互学习电脑灵，
全家上阵跳排舞，
——戒赌瘾！

道德礼仪进家庭，
知荣明耻重言行，
不偷不盗反邪教，
——真聪明！

安全知识进家庭，
警钟时刻要长鸣，
纠纷事故远离你，
——等于零！

全民远离黄赌毒，
违法纠纷样样无，
反对迷信讲科学，
——享受幸福！

家和万事兴，
国家永太平，
用今天的平安，
托起明天幸福的
——大家庭！

（应澧浦镇文化站邀约创编。）

群文漫路

戏曲干部挑大梁

——三句半

（一）

敲起锣鼓咚咚咚，

戏曲干部大集中，

浙艺院里忙充电，

——呵，真用功！

（二）

我们来自全省各地，

扎根基层专搞文艺，

这次来到高等学府，

——嘿，多神气！

（三）

课程安排很紧凑，

都是专家和教授，

甚至还有博士后，

——哦，学个够！

（四）

戏剧表演工作坊，

学员充满新鲜感，

言传身教面对面，

——实践强！

（五）

学员提出新需要，

学院马上开小灶，

形体、扇子、甩水袖

——呱呱叫！

（六）

衷心感谢成教部，

学习生活细照顾，

观摩宋城、小百花，

——真酷！

169

（七）

学员收获都很大，

确立了今后工作的新框架，

遇到问题和困难，

——咱不怕！

（八）

等到学员培训完，

各自回到基层馆，

戏曲岗位挑大梁，

群文事业必将——更辉煌。

（2008年，在杭州滨江的浙江艺校参加全省戏曲干部学习培训期间所作，用于培训结束后的联欢晚会表演。）

群文漫路

05

小品小戏小剧本

在文化馆工作期间，赴丽水市莲都区文化走亲时的演出剧照

母陪女嫁

——婺剧小戏

时间：现代某天早晨。

地点：浙西山村潭头滩。

人物：李春花，女，城市下岗工人，五十六岁。

张青松，男，山乡农村农民，五十八岁。

金园芳，女，李春花之女，二十四岁。

张子扬，男，张青松之子，二十五岁。

（幕启：蜿蜒山路，桃红柳绿，油菜花开，春意盎然。舞台正中有"潭
头滩"的村碑，侧面是"农家乐"牌楼，正面挂着"快活林
农庄"牌匾。）（李春花匆匆忙忙上台）

李春花（唱）：翻过一山又一山，

辗转来到潭头滩。

沿途一路风光好，

可惜我春花无心看。

只盼早点见到我那——

不听话的女儿金园芳。

李春花（白）：唉，我那宝贝女儿啊，名叫金园芳，今年二十四，生
得漂漂亮亮，大大方方，那可是人见人爱啊，就跟我当年

一个俊模样。可就是不听我的话，大学一毕业，不去考公务员，也不想进企业上班，非要自己去创业，搞什么"快活林农庄"。喏，就是这个村的人，把我的女儿拐到这潭头滩！我今天专门起了一个大早，从城里赶到乡下，一定要把我的女儿追回家！

李春花：(掏手机，打电话) 喂，是芳芳吗？(金园芳上台，手机响起，站在一旁接电话)

金园芳：对，妈，我是芳芳，你好吗？

李春花：(没好气地) 妈不好！妈再好，也没你男朋友好啊！

金园芳：妈，听你口气好像还在生女儿的气呐？在哪儿啊？

李春花：(早已发现金园芳) 我在你身后！

金园芳：(一惊转身) 啊呀！我的妈哎，你……你怎么来了？

李春花：怎么啦？妈就不能来吗？(一把拉住金园芳) 走，跟妈回城去。

金园芳：不，我不回去，我说过要在潭头滩自己创业！

李春花：你……女儿啊！

　　　　(唱) 潭头滩可是个穷地方，

　　　　　　寸草不生十里荒。

　　　　　　若想乌鸡变凤凰，

　　　　　　除非神仙下天堂。

　　　　　　待在这里那是活受罪，

　　　　　　还不如回城喝菜汤。

金园芳：妈——

新农村建设政策好，

穷乡僻壤大变样。

潭头滩如今是个好地方，

远近闻名最风光。

自古道，风水也会轮流转，

看事物不能总用老眼光。

这地方山青水秀景观美，

农家乐必定越开越兴旺。

李春花：旺什么旺！你……你到底回不回去？

金园芳：不，我不回去！

李春花：你……真的不回去？

金园芳：真的不回去！

李春花：好！今天你不回去也得回去！

（李春花一把拉住金园芳。金园芳极力挣脱，躲闪。）

金园芳：不回去，不回去，我就是不回去！

（金园芳四下躲避，李春花紧追不舍。张子扬上，见状大惊，情急之下，一个箭步上前抓住李春花。）

张子扬：哎，哎，你是谁？朗朗乾坤，光天化日，你怎么可以乱抓人？

金园芳：子扬，她……她是我妈！

张子扬：啊——

李春花：（傲慢）……

金园芳：妈，他就是我的大学同学张子扬，也是我的男……也是你的
女……

李春花：啊！你的男……我的女……他就是张子扬？

（唱）一见这个张子扬，

春花心中火更旺。

张子扬啊张子扬，

你害得我二十多年心愿泡了汤。

我含辛茹苦养女儿，

实指望久旱之后甘霖降。

完成学业待城里，

幸福舒适度时光。

没想到你张子扬——

是个披着羊皮的灰太狼。

甜言蜜语迷惑她，

黏黏糊糊像蚂蝗。

蛊惑她不求上进谈恋爱，

诱骗她不待城里来穷乡。

断送她美好青春和前途，

搞什么乱七八糟的农家庄。

金园芳：妈，这是我自己的主意，不怪张子扬。

李春花：呸，你不要为他辩护！就是他，都是他！我……我打你这
个拐骗我女儿的灰太狼！

（李春花顺手拿起一根毛竹竿，扑向张子扬，未果。）

我……我砸了你这乱七八糟的农家庄！

（又用毛竹竿去砸"快活林农庄"的招牌。）（刚好张青松

　　　　上台，见状大惊，慌忙上前阻止。）

张青松：住手，你为什么要砸我们的招牌？

李春花：我就是要砸了这个招牌！

　　　　（李春花和张青松两眼对视，各自都有似曾相识之感。）

张青松：哎哟，你……

李春花：啊，你……你是谁？

张青松：(试探地) 我是"高山顶上一青松"。

李春花：(回应地) "春暖花开情意浓"，你……是张青松？

张青松：你是李春花？我们……已经三十多年没见面了，你好吗？

李春花：还好，还好……是啊，一晃三十多年了……

　　　　(唱) 岁月匆匆三十年，

　　　　往事历历在眼前。

　　　　想当年下农村，

　　　　潭头滩留下我青春思念。

　　　　高山顶上一青松，

　　　　他是我一见钟情的初恋。

张青松：(唱) 见春花心潮起伏泛波澜，

　　　　我和她相恋整三年。

　　　　一见钟情绘蓝图，

　　　　潭头滩山山水水都踏遍。

　　　　春暖花开情意浓，

　　　　她是我念念不忘的红颜。

李春花：(唱) 只可惜他是"农村泥腿子"，纵然是情投意合也无缘。

张青松：(唱) 只可惜她回城之后志向变，纵然是八抬大轿也难回转。

金园芳：妈，你们怎么了？

张子扬：爸，你们怎么了？

李、张：(恍然醒悟) 啊，没……什么，没什么……

（李春花猛然意识到张子扬是张青松儿子时，怒气又生。）

李春花：张青松，这么说……他……和你是……

张青松：对，他是我儿子，我是他老子。

张子扬：(上前一步) 妈！

李春花：(生气地) 谁是你妈？妈不可以乱叫的！

张青松：哎，李春花，你怎么还是旧性不改，说翻脸就翻脸呢？孩
　　　　子好心好意叫你，你干吗跟孩子过不去呢？

李春花：哎，张青松，你可别站着说话不怕腰疼。芳芳可是我的命
　　　　根子，现在是被你的儿子拐到这个穷乡僻壤来了，我的
　　　　心情能好吗？

张青松：哎，怎么能说是拐呢？他们两个是大学同学，两情相悦，
　　　　自由恋爱，志同道合，一起回乡建设新农村有什么不好吗？

李春花：(拉金园芳) 芳芳，我们在城市，他们在农村，我们和他们
　　　　志不同，道不合啊。

金园芳：妈——

张子扬：阿姨，现在都城乡一体化了，新农村并不比城市差！

李春花：哼，好了好了，农村就是农村，农村不就是"早上听鸡叫，
　　　　中午听鸟叫，晚上听狗叫"，潭头滩是出了名的穷山沟，还
　　　　说不比城市差？

群文漫路

张青松：李春花，三十年前我承认农村比不上城市。子扬、芳芳啊，
　　　　其实我和春花三十年前是一对恋人,正因为她看不起农村,
　　　　嫌弃我是农民,才结束了三年的恋情,回到了城市。春花呀,
　　　　我相信,一路上农村的巨大变化你也看到了,其实现在的
　　　　新农村真的不比城市差啊!

金园芳：是啊! 妈,你来看!

　　　　(唱) 如今我们的潭头滩,

　　　　那可真的不寻常。

　　　　层层梯田好壮观,

　　　　片片果树满山岗。

　　　　山山水水变模样,

　　　　家家户户建起新楼房。

张子扬：(唱) 进村公路宽又长,

　　　　全村路灯亮闪闪。

　　　　塘边四周砌护栏,

　　　　清清的溪水哗哗淌,

　　　　休闲场上健身忙,

　　　　潭头滩如今是乌鸡变凤凰!

张青松：春花,怎么样,如今我们的潭头滩不错吧?

李春花：哼,能好到哪里去,再好也还是农村嘛!

张青松：农村的发展空间比城市大,你看这里天大地大,光空气也
　　　　比你城市好,是吧?

李春花：空气能当饭吃吗? 天大地大顶个啥用! 芳芳,走,跟妈回

家去！

张青松：哎，春花，空气虽不能当饭吃，但这里大有可为，芳芳和子扬学以致用，早已描绘好了一幅宏伟蓝图，潭头滩前景广阔啊！子扬，快把图纸拿来。（金园芳、张子扬连忙摊开一幅图纸。）

张子扬：伯母，你看，这是我和芳芳精心设计的快活林农庄发展规划，下个月就要热热闹闹地开张了！

（唱）快活林，农家庄，

有山有水好风光。

项目分成三大块，

游乐休闲一起上。

那片树林好荫凉，

天然氧吧多舒畅。

开辟游乐新项目，

挖掘水塘垂钓场。

建起植物动物园，

饲养鸡鸭猪牛羊。

金园芳：（唱）项目计划第二块，

馒头山上做文章。

安排住宿餐饮区，

尽享农家好时光。

（李春花受到触动，若有所思。）

张青松：（唱）项目计划第三块，

山后两口大山塘。

上面一口养蛋鸭，

中间建起养殖场。

下面山塘放养鱼，

生态产业路宽广。

李春花：(沉吟片刻，上前拉着张青松) 哎，青松，这不是我们三十

年前的规划思路吗？苦于当时没有条件，我们……

张青松：是啊！春花，这就是我们三十年前的规划和思路，如今要

在他们年轻人身上实现了。

张子扬：喏！这是我们快活林农庄的可行性报告，这是立项批复、

创业资金审批表、餐饮经营许可证。

张青松：春花，你还犹豫什么？我们一起加入儿女们的创业队伍吧！

芳、扬：是啊，妈，您就加入我们的创业队伍吧！

李春花：这……

(唱) 一幅幅蓝图展现新天地，

孩子们劝我创业呼声急。

青松他妻子病故已多年，

如今是独身一人受孤凄。

我也是夫妻分离守寡早，

与其为女操劳担惊受怕，

倒不如找回幸福续前缘，

潭头滩母陪女嫁不迟疑。

张青松：(殷切地) 春花，你……留下吧！

芳、扬：妈……留下吧！

（李春花含羞带怯地默认。）

金园芳：（惊喜地）啊，妈，你答应了？

张子扬：（高兴地）啊，那……太好了！妈，我们快进屋吧！（李春花突然摇摇头捂着脸跑下，金园芳和张青松、张子扬面面相觑。）

金园芳：（急着追喊）妈，妈，你去哪儿啊？

李春花：（回应）我先回城收拾一下，明天就来潭头滩！

张青松：（恍然地）啊？嘿！春花，等等我，我和你一起去！

（张青松急忙追去。）

（画外音幕内齐唱）：紫燕知春春恋花，

　　　　　　　　　　人念旧情情复发。

　　　　　　　　　　母陪女嫁家重组，

　　　　　　　　　　城乡盛开文明花。

（金园芳和张子扬望着李春花和张青松的背影相视而笑，手挽手入内。）

（灯暗，落幕，全剧终。）

　　［2011年，在金东区文化馆工作期间创作，当时我找了婺城区的一家民营剧团排练。记得当时的团长叫杨少华，还有兰溪一个非常热心的导演方友高。我们曾跟随剧团去兰溪、武义、东阳观摩，考察群众反映，边排演边修改。10月14日晚，该剧荣获金华市第九届文化艺术节农村小戏、曲艺（小品）调演二等奖。12月获浙江省新农村建设题材小戏征文二等奖。后来，义乌婺剧促进会根据该剧本排练演出，获省婺剧促进会的演出金奖。］

和谐夫妻

——戏剧小品

人物：夫，三四十岁，移民新村村主任，来料加工老板。

　　　妻，三四十岁，本性善良泼辣。

妻：阿婶、嫂嫂，先吃饭吧，啊！人是铁，饭是钢，不吃饭，饿得慌，
　　吃好饭，再上班。啊！待会儿见！哎，山上苦了几十年，不如镇
　　上二三年。我们是山区移民，响应政策，下岗安家后啊，我老公，
　　办了个来料加工点，虽然干活忙了点儿，但是家里天天都赚钱。
　　去年，我老公还当选了移民新村的主任呢。用我老公的话说，
　　现在的生活呀，叫⋯⋯

夫："迈入小康，构建和谐。"（联系业务刚好回家。）

妻：（惊喜状）老公！

夫：（欣喜状）老婆！

妻：（相互拥抱。猛觉不对，怒问）说，今天怎么回事？

夫：（纳闷，后立即醒悟）停，和谐家庭，反对暴力！

妻：你敢抗议？

夫：对，刚才老公怎么跟你讲的？

妻：迈入小康，构建和谐。

夫：所以，少安毋躁，不能态度粗暴，和谐家庭不欢迎不和谐的音符，

对不对？

妻：那好！我问你，你刚才拥抱是怎么回事？

夫：老婆，我好像没有怎么回事。

妻：你听听，你听听，"我好像没有怎么回事"，就因为你今天没有怎么回事，我才有感情危机的想法，才有不和谐的冲动。

夫：到底是怎么回事啊？

妻：（委屈状）你今天，今天没亲——我！

夫：嗨，今天大家不是都在吃饭吗？

妻：呸！

夫：哎！和谐的家庭一定要避免不文明的字眼。

妻：你尽胡说，你上礼拜回来，大家不是也在吃饭吗？人也比今天多，而且，绝对站得比今天近；能见度，绝对比今天好，你都亲我啦！

夫：真的，上次不是高兴嘛。

妻：你上次回来就亲吻我了。

夫：还好意思说！

妻：你当着那么多人的面，敢抱敢亲，我难道说都不敢说吗？

夫：好！好！好！等会儿再补，啊！

妻：不行，爱情不能打折扣，要亲就要亲个够，根据你今天的表现，你肯定在外面快活潇洒过。

夫：嗨，我的姑奶奶，我哪有这心思哦。

妻：不可能。坦白从宽，抗拒从严。

夫：停，理解信任是夫妻感情的基础，多疑猜测是家庭不和谐的

群文漫路

因素。

妻：可你今天回家的确有点儿反常。

夫：不会吧？

妻：哎，知夫莫若妻。你今天与上次回家相比，一是热度不高、二是力度不大、三是缺乏激情，是不是有什么心事？

夫：老婆，这次外出，长了见识，我有个想法想跟你民主协商。

妻：那你就慢慢说吧！（不情愿状）

夫：老婆，现在是改革开放的年代……

妻：对！我就怕你有了几个小钱就学坏！

夫：我们是移民，响应号召，现在是下了山，脱了贫，发了家，致了富！

妻：对，我就怕你下了山，脱了贫，发了家，致了富，就不知不觉去犯错误！

夫：这次我外出联系来料加工。

妻：我就怕你会去潇洒打零工！

夫：嗨，老婆，你都想到哪儿去啦！

妻：老公，其实女人的心是玻璃做的。

夫：告诉你，在家里我是你老公，孩子他爸；在村里，我是主任，又是党员，无论何时何地，你所担心的情况根本不会发生！

妻：那你都想什么呢？

夫：（灵机一动）"迈入小康，构建和谐"。老婆，千万别误解，我的意思是想帮助张寡妇一家致富！

妻：你就不怕招来别人的闲话？

夫：不怕，我还想帮刘阿毛兄弟。

妻：他可是一个酒鬼烟鬼。

夫：还有村上人称"铁盘算"的刘根金兄弟。

妻：你连他都要帮？

夫：要帮！

妻：可是他，在你选村主任的时候，不光没投你的票，还给别人拉票。

夫：对，我就要扶贫帮困，我就是要通过"传帮带"，帮助大家致富。

妻：啊呀，天地哎……

夫：和谐社会，注意形象。

妻：老公，你这样的话，肥水不都流入外人田了吗？

夫：不，老婆，你想啊（播放《爱的奉献》音乐），构建和谐社会是一项系统工程，我们不能存有小富即安的思想。我身为村主任、共产党员，不仅自己要致富，而且要带动群众致富奔小康。我们就应该扩大生产规模，多开放几个加工点，多培训一些闲散的劳动力，让大家都有事做，有钱赚，这才是真正意义上的和谐。

妻：老公，你说得真好，那你打算怎么帮呢？

夫：是啊，怎么帮呢？这就是我的心事，想跟你民主协商。张寡妇家生活负担太重了，两个孩子都在上学……

妻：张寡妇心灵手巧，有一手裁剪手艺，叫她办个缝纫培训班。

夫：那刘阿毛呢？

妻：负责搬运，让他没时间喝酒、抽烟、打麻将。

夫：刘根金？

妻：发挥"铁算盘"长处，帮助我们做财会。

群文漫路

夫：这样行不行？

妻：百分之百行！近段时间业务量越来越大了，当时我确实有种"肥水不流外人田"的老思想，现在看来光靠阿嫂、嫂嫂本家的几个亲戚，已经忙不过来了。其实，我也正想跟你商量呢！

夫：啊呀，老婆，咱们夫妻俩真是想到一处去了。

妻：还要劲往一处使，一起"迈入小康，构建和谐"！

夫：对，这就叫"你赚钱，我赚钱，生活比蜜甜"。

妻：而且是"你和谐，我和谐，大家都和谐"。

夫：老婆！

妻：老公！

（伸手相邀，相拥相舞，播放网络歌曲《两只蝴蝶》的结尾部分"我和你缠缠绵绵翩翩飞，飞越这红尘永相随，等到秋风起，秋叶落成堆，能陪你一起枯萎也无悔！"）

（2009年创编，在金华市委宣传部主办的《当代新农村文艺》发表。2009年，该剧本由婺城区文化馆排演，参加市委宣传部组织的"新农村文化建设"巡演活动。2010年10月，获全国小戏小品曲艺作品比赛三等奖。）

领款巧遇

——戏剧小品

时间：现代。

地点：某信用社。

人物：胡金生，酱菜厂厂长（简称胡）、

　　　何仙姑，养殖大户（简称何）、

　　　小　邵，信用社职工（简称邵）。

（启幕，胡厂长一副老板派头，边打手机边上台。）

胡：喂！哪位啊？哦！是信用社啊！哎，我的贷款还没有到期嘛！催
什么催啊！啊！不是催贷款，叫我来领贷款？有没有搞错哦！没
搞错，真的领贷款！好，我马上就到的喂！（关手机，高兴状）
哈哈，我叫胡金生，碰上改革好时光，信用社里贷了一笔款，办
了一个酱菜厂，生意兴隆销路广，正想筹措资金，扩大规模再生产，
就是没钞票。没想到，信用社打来电话又要帮我解决困难。喏！
信用社到了！啊呀！环境越来越好了，有空调，真当不错！啊！
小邵，最近忙不忙呐？

邵：（手拿文件上，忙招呼）忙啊！不是又到了春耕备耕季节了吗，
我们是农村信用社，就要大力扶持农民朋友嘛！哎，胡厂长，你
先坐会儿。喏，这是我们新来的胡主任的位子。

胡：哎，小邵，你们主任又换了，他也姓胡？

邵：对啊！五百年前跟你是一家。

胡：今天怎么没来上班？

邵：他呀，他可是个大忙人、实干家，天天下乡，走村串户，搞调研，基本不在办公室。他说，只有经过调查研究，才能真正合理地把关和分配好国家的贷款。这不，你今天贷的款，就是他吩咐做的！

胡：哎，这胡主任，我连面都没见到过，他怎么就放心给我贷款呢？

邵：我们胡主任就这作风。再说，你的性格脾气，什么老底，我们主任都调查知道了。胡厂长，你先坐，看看报纸，手续办好签个字，就可以领款了。

胡：好好，谢谢！（对观众）嘿，这是主任的老板椅嘛，（坐）舒服、舒服！先当几分钟的主任，过过官瘾也好！（脱外套，看报、抽烟、喝茶，俨然是信用社主任模样）

（何仙姑作刚从田畈归的村妇打扮，急匆匆、喜洋洋上台，见胡的样子，就自言自语，老话说：百样人，有百样相，当官的有官相。看这位，喝茶、抽烟的样子，肯定是这里姓胡的头头，新调来的胡主任。）

何：请问，你是胡头吧！

胡：什么胡头，罗店、乾西（地名），我姓胡。

何：好哎！胡头同志，不，老胡同志，谢谢！真是太谢谢了！（误以为胡厂长是信用社胡主任）

胡：不用谢！不用谢！没什么好谢的！您是？

何：我呀，我叫何仙姑。

胡：何——仙——姑？就是那个……神仙？

何：哎，我哪是神仙。我名字叫何仙姑，在家里又养鸡，又养猪，还种植了金针菇！

胡：哦，收入肯定不错吧？

何：好啊，还不是托了信用社的福，没有信用社，就没有我今天的事业啦。

胡：对，对，信用社是农民的贴心人嘛！

何：对！贴心，心贴着心，信用社便是我老公，不对不对，我老公说，信用社是我们农民的知心朋友，衣食父母，坚强后盾……

胡：你老公是……

何：哦，我老公叫马拉松，是养鳖大王，你晓得的呀！

胡：晓得，晓得！

何：呐，我老公，想扩大养殖场，多培养些鳖子鳖孙。现在田畈里啊，浇水池有了，就是还缺部分资金。刚把贷款的事情跟我们村村主任谈起，嘿哟！真没想到，这么快，今天村主任打来电话，你们信用社叫我们今天来拿贷款。

胡：哦，原来是这么回事，那你先坐会儿（看看四处无人，学小邵对他说的话），"手续办好签个字，就可以领款啦！"

何：啊！谢谢！哎，老胡。

胡：哎！

何：你真是我们的知心朋友啊！

胡：哪里哪里。

何：你们怎么知道我们家要贷款呢？

胡：当然是经过调查研究后知道的，只有经过调查研究，才能合理
　　把关和分配好国家的贷款，贷给你们家是不会错的！

何：你就不怕我们不还贷款吗？

胡：这就是我胡主任的工作作风，再说，你们两个的性格脾气，
　　什么老底，主任都调查过了，信用完全可靠。

何：老胡，你真爽快，你知道贷给我这笔款能产生多少效益吗？

胡：那是你们勤劳致富应得的回报！

何：我老公说了，今天第一次见面，一定要和你意思一下。

胡：什么意思一下？

何：喏！（东瞧西瞧，生怕有人，掀衣服解腰带）

胡：哎，何仙姑，你要干什么？

何：嘘，轻点儿，千万不要让人看见，看见这种事，是非常不好的。
　　（发觉腰间结打不开）

胡：你……你可不要乱来啊！

何：老胡，没事的，意思意思啦，过来帮帮忙，帮我解下来！

胡：这……这怎么可以啊！

何：来嘛来嘛，帮帮忙啊！（拎着腰间又蹦又跳）

胡：别过来，再过来我就不客气啦！

何：是不要客气的哇，这只是一点儿小意思，我是真心真意的。

胡：（闭眼吓坏了）完了完了！

何：老胡，你看，（从背后拎出事先拴好的四只鳖）我自己生的。

胡：啊？

何：哦，不，是自己养的，我老公说，一定要送给你补补身子，希望

你好人有好报，延年益寿……

胡：啊……

何：一样健康长寿！

胡：何仙姑啊何仙姑，我真怕了你了，其实我是……

（小邵在幕后喊"胡厂长，签字领款了"）

（画外音：胡厂长，钱没错吧。喏，这是我们信用社专门为你们客户开通的"365支农绿色通道"绿卡，凭绿卡可享受"一次核定，随用随贷，余额控制，周转使用"）

何：来啦，来啦，哎哟，没想到贷款倒是这么容易，送点儿土货却这么不容易啊！

群文漫路

（2009年创编，在金华市委宣传部主办的《当代新农村文艺》发表。2010年10月，获全国小戏小品曲艺作品比赛三等奖。）

快乐游戏·平安翅膀

——情景剧

情景小戏报幕词

朋友们，浙江省级教育强镇——洋埠镇，地处距离省道不足50米的特殊地理位置，学校交通安全教育成为该镇中心小学校园文化和学校教育教学的重要组成部分。该校本着让交通安全教育走下讲台，走出书本，融入学生生活的宗旨，开展的"让平安教育插上快乐的翅膀"为主题的平安游戏节活动实况，曾在金华交通安全音乐广播"平安金华直播间"、金华电视台少儿《校园》栏目以及中央电视台少儿频道播出，而且依托该活动的学校成功开发出集教育性、趣味性、益智性为一体的"平安训练营"的游戏棋。快乐平安教育活动是构建学校精品活动的雏形。接下来请欣赏由该镇中心小学给我们带来的情景剧《快乐游戏·平安翅膀》。

第一场景：上学路上

（画外音："上学啰！"）

（背景音乐轻轻响起。）

（画外音："小松树，快长大，绿树叶、新枝芽……"）

（陆续上台若干学生，相互招呼去上学。）

甲：咦，小胖怎么还没来呢？

乙：走吧，走吧，反正他天天慢半拍！

燕子：不行！不行！老师再三叮咛，不管上学路上，还是放学路上，一定要相互照顾，尤其过马路，特别要注意安全！

丙：对！燕子姐姐说得对，老师叫我们每人带一枚生鸡蛋，藏在身边上学，要像保护生命一样时刻保护它，就是这个道理。

甲：生命如此脆弱！

丁：鸡蛋千万别打碎！

乙：那好吧，再等等吧！

甲：小胖，小胖，快迟到啦！

小胖：来啦！来啦！（气喘吁吁，摇摇晃晃地上台。）

燕子：那咱们走吧！

合唱：（舞蹈）小呀么小儿郎，背着书包上学堂，不怕太阳晒，也不怕那风雨狂，只怕先生说我懒呀，没有学问，我无脸见爹娘。

小胖：不对，不对，大家应该这样唱：（舞蹈）小呀么小儿郎，带着鸡蛋上学堂，耳朵要听清，特别是眼睛要睁大，一停二看三通过呀，交通安全呀，时刻记心上。

（齐笑）

幼儿音：燕子姐姐，学校到了。

合：对，学校到了，哦，上学啰！

第二场景：课间十分钟

（伴随着清脆的下课铃声，同学们冲出教室，来到操场，部分拍手做游戏，部分学生跳橡皮筋，相互应和着跳舞。）

合：你拍一，我拍一，交通安全是第一；

群文漫路

你拍二，我拍二，行人车辆要靠右；

你拍三，我拍三，分清车辆的方向；

你拍四，我拍四，小心谨慎不出事；

你拍五，我拍五，横穿公路不跳舞。

（此时的小胖，在地上砸蛋，声音特别脆，音乐停，全场注目，发

出"咦"的惊讶声。）

幼儿音：小胖哥哥，你怎么把鸡蛋砸了？

齐声附和：对，你怎么把鸡蛋砸了？

小胖：哎，我不光砸了，我还把它吃了呢！

幼儿音：老师说，带着鸡蛋上学，时刻提醒"注意安全"这是非常

有意义的！

小胖：嗨，这是我妈早上给我煮的茶叶蛋，生鸡蛋我保管得好着呐！

（齐笑，继续边唱边舞。）

你拍六，我拍六，不与车辆争先后；

你拍七，我拍七，一停二看牢牢记；

你拍八，我拍八，听清车辆的喇叭；

你拍九，我拍九，看清车辆有没有；

你拍十，我拍十，交通安全强意识。

（过门，换音乐）

合：（舞）"树上叶子哗啦啦，安全连着你我他，交通安全从小抓，

爸爸妈妈乐哈哈。

（上课铃响，孩子们欢呼着"上课啰"退场。）

第三场景：课外活动

（演员在《祝你平安》的背景音乐中上场，手持平安游戏棋的拼图，音乐进入快板说唱节奏。）

　　　　说稀奇，真稀奇，

　　　　交通安全能下棋。

合：嗯，交通安全也能下棋？

甲：对，这就是，

　　　　我们洋埠小学的特色——

　　　　自创的平安游戏棋。

　　　　掷骰子，定进退，

　　　　先到终点就了不起。

合：哦！（过门）

　　　　纵横马路相交错，

　　　　行走交通按秩序。

　　　　红绿灯，斑马线，

　　　　标志法规样样齐。

　　　　乘车时，头手伸窗外，

　　　　交通法规不允许；

　　　　闯红灯，不可以，

　　　　送你到教育中心学习。

　　　　违反法规退步走，

　　　　遵守交规有奖励。

　　　　搭乘摩托戴头盔，

排队上车不拥挤。

合：平安棋，游戏棋，

　　全校师生都着迷。

　　从小树立安全意识，

　　学校娃娃来抓起。

　　行车走路知礼仪，

　　搀老扶幼明事理。

　　人人遵守交通规，

　　平平安安乐无比。

　　（过门，众合，酝酿造型拼棋。）

合：说稀奇，真稀奇，

　　交通安全能下棋。

　　标志法规样样齐，

　　行车走路按秩序。

　　搀老扶幼明事理，

　　行车走路知礼仪，

　　人人遵守交通规，

　　平平安安乐无比！

　　——乐无比！

　　（应洋埠镇中心小学稿约创编，参加全市文艺会演获一等奖。）

归途

——廉政情景剧

时间：现代某天上午。

地点：晨练归途中。

人物：居民老王——爷爷、

金华宏宇广告部——小张、

思思、琪琪、阳阳、灿灿等8位留守儿童。

（在一片小区、马路的嘈杂声中启幕，屏幕画面定格在某马路边的小区门口。）（舞台上，孩子们小跑出场，大家和着歌曲欢快前行，爷爷推着自行车，小跑着追赶……）

众合：小燕子，穿花衣，年年春天来这里，我问燕子你为啥来？燕子说：这里的春天最美丽！

爷爷：孩子们，当心点儿，孩子们，慢点儿跑，等等爷爷啊！

思思：爷爷，爷爷，你倒是走快点儿啊？怎么这么慢呢？

爷爷：傻孩子，爷爷不是老头子了吗？人老了，什么都不中用喽。

众合：（欢呼雀跃）哦哦哦，爷爷是老头子喽！爷爷是老头子喽！人老不中用喽。

爷爷：（坐到路边石头上，歇脚，擦汗）这群傻孩子！

灿灿：爷爷，爷爷，快来看呐，这是什么呀？（随手扶起地上东西）

爷爷：唉，这大白天的，大马路上还会有什么好东西啊？（扶起细看）

　　　　哦，孩子们啊，这个叫展板。

众合：哦，展板啊。

琪琪：爷爷，爷爷，这展板是干吗的？

爷爷：展板啊，就是搞展览用的板啊，是专门展览给大家看的，搞宣传呀。你看，这板的两面不都是有图片和文字吗？来，我们把它扶好、摆正，方便大家观看。（正欲离开）

众合：好！

阳阳：（转念一想）唉！爷爷，爷爷，这展板，怎么只有一块呢？

　　　　（大家推起展板来回地玩耍了）

爷爷：（思考）对啊！怎么会只有一块呢？大马路边也不好展览。（重新返回蹲下，拿出眼镜）来，孩子们，让爷爷再仔细看看，啊！

众合：好！爷爷，（大家七嘴八舌地）这上面都写的是什么啊？

爷爷：这上面啊，说的是我们……金华的某一个地方啊，有十几个学校的校长被一个老板拉下水了。

灿灿：爷爷，爷爷，什么是拉下水啊？

爷爷：拉下水啊，就是……校长被……老板带坏了。

阳阳：爷爷，爷爷，怎么校长也这么不懂事，会被老板带坏呢？

爷爷：因为呢，老板啊……比……校长，还厉害啊。

琪琪：爷爷，爷爷，你说"一"大还是"十"大呢？

爷爷：当然是"十"大呀！

阳阳：那，为什么？十个校长都被一个老板拉下水了呢？

爷爷：哎呀，我的小祖宗啊，这十个校长呀，不是一下子就被一个老板拉下水的！这个老板呢，是慢慢地、一个一个地把校长拉下水的，知道了吗？

思思：我知道了，这十个校长呀，不是一下子就被一个老板拉下水的！这个老板呢，是慢慢地、一个一个把校长带坏的。

爷爷：对，思思真聪明！这上面说的是，老板承包了学校的食堂，买回来的菜明明很便宜，卖给学生呢却很贵，老板赚了钱，分钱给校长。这个校长拿了钱后，也明明知道这样的做法是不对的，却不改正，反而还把这个老板介绍给其他学校的校长，老板用同样的方法去承包了好多的学校食堂，赚了好多的黑心钱，结果带坏了好多的校长。

众合：（大家又七嘴八舌地）校长坏、校长好、老板坏……校长不好、坏校长、黑老板……

思思：呜……（思思坚持自己的观点，认为校长好，大家都指责思思，思思哭。）

爷爷：思思，你怎么啦？你怎么哭了？

思思：（哽咽着）校长是老师，多好啊，他是被黑心老板带坏的！

爷爷：哦，校长好，校长好，黑心老板坏，啊！思思啊，不哭啊，思思还小，等你长大了，你就会明白了，人！没有简单的好、坏之分，正确与错误、守法与犯罪都是人的一念之差啊，不管什么人，身处什么工作岗位，他都是有风险的，谁能保证自己一辈子不犯错误呢？

思思：嗯，爷爷，爷爷，那您犯过错误吗？

众合：是啊，爷爷，那您以前犯过错误吗？

爷爷：（深有感触，近似伤感）唉，爷爷当年也犯过错误啊！

琪琪：啊？爷爷你为什么要犯错误呢？

爷爷：孩子们啊，爷爷当年也没打算要犯错误啊，那都是自己立场不坚定，一时糊涂啊……

（音乐起，爷爷自诉）想当年，爷爷年轻气盛，血气方刚，四十岁就当厂长了，朋友多得不得了，经常一起聚会、吃饭、喝茶什么的，都怪爷爷太讲什么哥们义气了，在一次签合同时，我被朋友的朋友欺骗了……

（画面出现，法庭宣判场景）"王昌德，男，41岁，经查，王在任棉纺厂厂长期间，身为国有公司、企业直接负责的主管行政人员，在与他人签订、履行合同过程中，因严重不负责任被诈骗，致使国家利益遭受重大损失……"（监狱铁门重重的关闭声）

众合：爷……爷……

爷爷：（从回忆中回神过来）唉，孩子们呐，爷爷一辈子都后悔啊！

灿灿：不，爷爷，刚才你不是说，不管什么人，身处什么工作岗位，他都是有风险的，谁能保证自己一辈子不犯错误吗？

阳阳：是啊是啊，老师说，知错就改，爷爷还是一个好孩子！

众合：啊？爷爷是一个好孩子？

思思：应该是，爷爷还是一个好爷爷！

琪琪：对，爷爷是好人，我们的爸爸妈妈都在金华打工，我们是留守儿童，爷爷担心我们寂寞、不安全，为了我们能够好好学习，爷爷付出了很多很多，看我都长这么高了！

众合：是啊是啊，爷爷……（大家依偎在爷爷周围）

爷爷：（激动得热泪盈眶）谢谢，谢谢孩子们呐，是你们给了我一个回报、补偿社会的机会啊！爷爷这是应该的。

众合：爷爷……

爷爷：好了，孩子们，我们也该回家了，来，大家排个小队伍吧！

众合：好！（大家听话按秩序排好了队伍，并依次报数，结果思思应该报"8"，却没有报，示意着展板怎么办？）

思思：爷爷，这展板可怎么办呢？

众合：（大家又七嘴八舌地）我来推回去吧、我来抬吧、好重啊……拿回去有用吗？放这儿吧、我来背吧……

爷爷：孩子们啊，都不行，我看，这块展板不会只有一块，应该还有很多，爷爷估计啊，是谁掉的吧？

众合：（大家又七嘴八舌地）是啊是啊、爷爷说得对……

阳阳：你们看，这边有电话号码。

琪琪：爷爷，爷爷，这还有单位名字。

灿灿：（读）金华宏宇广告部，电话……

爷爷：嗯，孩子们真聪明，爷爷拨个电话问问吧！

众合：好！

（拨打电话，传来画外音）

白："喂，你好，我是金华宏宇广告部的小张，请问您是？

爷爷：哦，你好，我叫王昌德，今天早上啊，我在陪孩子们晨练跑步的时候呢, 捡到了一块你们的宣传展板, 不知道有没有用?

白: 哦, 是吗, 哎呀, 老王啊, 太感谢您了, 这展板啊, 是我们广告部承接金东区纪委"廉政文化进社区"活动宣传用的, 早上正想去东孝街道东关社区布置呢, 没想到三轮车师傅帮我们拉的时候掉了一块, 这不, 刚才卸车的时候, 正在说怎么缺少一块呢, 没想到你捡到了?

爷爷: 是的是的, 对了, 你们缺的这块展板上面有个清廉的"廉"字?

白: 对对对, 就是这块, 那我叫三轮车师傅来拉?

爷爷: 哦, 不用了, 我们呐, 就在附近, 我们送过来吧!

白: 是吗, 那太感谢了!

爷爷: 嗨, 没事! 就当为廉政文化宣传做点儿贡献吧!

白: 那好吧, 老王, 我们等你?

爷爷: 哎, 好的, 再见!

白: 老王, 再见!

众合: (大家又七嘴八舌地) 好, 爷爷, 爷爷, 我来帮你……

爷爷: 好, 好, 大家就一起去吧, 去看看另外的展板吧, 再去上一堂生动的廉政教育课吧!

众合: 好!

(播放音乐, 场景切换到展览现场。)

思思: 爷爷, 爷爷, 你看, 就在那儿!

爷爷: 嗯, 对, 那就是东关社区, 孩子们帮纪委的叔叔阿姨把展板摆起来吧!

众合：（大家各自一块，从舞台侧面推上，但是没有按照顺序排列。）

小张：您好，王大爷，我就是金华宏宇广告部的小张。

爷爷：哦，哦，小张啊，你好你好。

小张：谢谢张大爷，捡到了展板，还帮我们亲自送过来。

爷爷：哪里哪里，这是应该的嘛。

小张：哎呀，也谢谢孩子们啊，你们辛苦了，谢谢你们！

众合：（大家又七嘴八舌地回复感谢）不用谢、这是我们应该做的、就当为廉政文化宣传做点儿贡献吧……

小张：来，孩子们，这次纪委的展览啊，有个主题，就是你们展板上的几个大字，要按照"查风险、建防控、促清廉"的顺序排列，好吗？

众合：（大家轻声地念着"查风险、建防控、促清廉"几个字，将展板按字排列，最后一个"廉"字，大家招呼着爷爷排到最后。）

爷爷：是啊，查风险、建防控、促清廉。人！没有好坏之分，正确与错误、守法与犯罪都在人的一念之间啊，不管什么人，身处什么工作岗位，他都是有风险的，最好大家一辈子不犯错！（爷爷深情地镶上"廉"字展板，大屏幕上也打出"查风险、建防控、促清廉"的大字。）

（小张感动，带头鼓掌、谢幕。）

（2012年7月6日，应金东区纪委邀约所作）

群文漫路

佛手飘香

——戏剧小品

时间：现代某天下午。

人物：张锦林，网名：佛手飘香，金华市锦林佛手开发有限公司董
事长。

　　　玉，某城市刚毕业正待走上社会的大学生，网名：我心飞翔。

地点：分别在各自公司、家庭的电脑前。

（幕启：全程音乐贯穿。）

画外音：亲爱的团员青年朋友们，接下来演绎的是一段真实感人的
创业故事。主人公张锦林，出生在金华的佛手种植专业村——
金东区赤松镇山口村，他14岁就独闯杭州、上海等城市推销
佛手，历时10年的拼搏创业和不懈努力，终于开创了自己的
一番事业，成立了金华市锦林佛手开发有限公司，任董事
长。他曾荣获金华市专业技术拔尖人才、浙江省劳动模范、
浙江省十大杰出农村青年、浙江省十大农村新闻人物等荣誉
称号。

林：（手夹笔记本电脑、接电话上台）喂，我是张锦林。对，哦！是
吴老板啊，你好你好，多少？要2000株佛手盆景呐，好的好的，
没问题，没问题！立即发货！再见！（开心地挂电话）这因特

网啊，就是好，推销产品，不用到处跑。哦，你问我是干什么的？我呀，是专门从事开发佛手产品，建了网站推销佛手苗的。看看，今天网上有没有人找我要苗。（坐下，开机）哦，对了，我的网名就叫：佛手飘香。

玉：（以下讲话前都注入"嘀嘀"的消息提示音）您好，佛手飘香。

林：喏，生意来了！你好，你是……？

玉：我啊，是你的新网友。

林：哦，你好，你好，新网友啊。

玉：是呀，资料显示你是金华市锦林佛手开发有限公司的董事长，事业不错嘛，干吗不叫"佛手大王"却叫"佛手飘香"啊？

林：哦，因为佛手开发市场潜力很大，要称"大王"，距离还很远，我还要继续努力，带领我们家乡的村民一起致富，要让佛手留有余香嘛。唉，对了，你叫我心飞翔？

玉：是啊。

林：有什么深意吗？

玉：有啊，我大学刚毕业，学的是种养专业，想跟你一起"飘香"，一起"飞翔"喔。

林：好啊！好啊！非常欢迎你的加盟哦，我们公司正缺像你这样的人手呢！

玉：真的！（高兴得跳起来）

林：谢谢！

玉：唉，听说你和佛手一起长大？是真的吗？

林：呵呵，那是戏言，不过我接触佛手啊，确实比较早。

玉：对对对，我太激动了……

林：没事，我也有过你这样激动的经历。

玉：哦，听说你14岁，就自己一个人到杭州、宁波、上海等地推销佛手啊？

林：是啊，怎么啦？

玉：人生地不熟的，你就不怕啊？

林：不怕啊！当时满脑子就想着怎么赚钱，唉，我和你说个小秘密。

玉：什么小秘密啊？

林：以前我和同去城里卖佛手的老乡一起去上海，一到上海，老乡就都抢着找公园去兜售，又要花钱坐车，还要跟着客户跑，也不见得卖得掉。而我，一动没动，就把佛手全卖了……

玉：真的，这是为什么呢？你是怎么卖的呀？

林：你猜！

玉：真是的，别卖关子吗？

林：我呀，采用了"敌不动我动，敌动我不动"的游击战略，没去跑，就坐在公交车站卖，一下子就卖光了。

玉：哇塞，您真是太有才了。

林：谢谢，唉，我心飞翔，分享我的成功之路很开心吧？

玉：嗯，特开心，唉，听说您做过很多活，还打过工？

林：是呀，做过泥水工，做过水产生意，都亏本。后来呀，我就子承父业，一心一意在家种佛手了，现在的我可以说是"咬定佛手不放松，任凭东南西北风"，也不动摇！

玉：就这么坚决有信心啊？

林：是的，我要把金华的佛手培育成我们金华农产品的又一知名品牌，像金华火腿一样名扬全球。

玉：说得好，我支持你哦！

林：谢谢！谢谢，我心飞翔！

玉：不谢！唉，听说当年你爸爸不让你装电话？

林：是呀，当时安装费要3800元，很贵的，爸爸认为装电话是年轻人死要面子，太浪费了。

玉：但最终还是没拗过你，成为你们全村安装电话的第一户。

林：是的是的，我记得那是1997年吧，我家种了2000盆矮化佛手。我在每盆佛手上都挂了自家的电话卡片，然后拿到江苏卖，每盆价格卖了30多元，最贵的卖了50多元。那年，2000盆佛手就赚了7万多元。而最大的回报却不只是……

玉：而最大的回报却不只是这区区7万元，而是咨询、要货的电话特别多，差不多把你家的电话打爆了，是吧？

林：没错没错，后来呀，我爸爸就认可我这儿子有头脑，装电话装对了。

玉：是啊，佛手飘香，你真是太厉害了！

林：谢谢！

玉：你的这些经历对我今后的人生有着激励的作用，佛手飘香，你真伟大。

林："伟大"！不会吧，那太夸张了吧？

玉：不夸张啊，我知道你家装了电话后的第三年，1999年你家又装了电脑，装了电脑后，9月份赶时髦的你，又建成了金华佛手网站，成为金华农产品上网建站的第一人。

林：对，都说"心有多大，舞台就有多大"，网站建成的头两个月，点击量并不大，生意一笔也没做成。当时，我也曾怀疑自己是不是走错了路。

玉：是啊！机遇总是留给有准备的人，2000年3月5日，是你通过网站电子商务，与兰州的一家单位完成了佛手的第一笔交易，成功地开启了佛手的网上销路。2001年，安徽省亳州中药材交易中心的赵登攀与您于网上结识，主动与您签订了网上佛手干片的交易协议，并汇款150万元到您的账户。这是您从网上掘到的第一桶金，对吧？

林：……

玉：1999年至2001年间，您销往全国各地及国外的佛手干片达200多吨，鲜果1800多吨，大小佛手盆景约27万盆，成为金华市最大的，集佛手种植、技术开发、销售于一体的专业户。现在，您早上起床的第一件事就是打开电脑，看看自己的金华佛手网站有无来访客户？是吗？

林：……

玉：是吗？……说话呀？……嘿，你人呢？

林：哦，对不起，对不起，我心飞翔，刚才是有位新加坡客户来电话，要预定12万盆水培佛手盆景呢！

玉：啊……12万盆，这么多啊！

林：不多啊，比这大的订单还有呢！

玉：哦，原来佛手也可以不长在泥土里啊？

林：是啊，我的公司有研究所，攻克了很多佛手种植领域的难关呢！

玉：是吗？

林：千真万确，比如说佛手的矮化研究和袖珍型佛手的培养、佛手的无土盆栽技术、水培佛手盆景等都是我们的研究成果。

玉：哎呀，我都被你说得心跳啦，根据我学的知识，我想，无土盆栽的佛手与传统的土栽佛手相比，应该是不易落叶、果小、浓香、耐贮、抗寒吧？无土栽培虽然没有土壤，但是盆中有营养液，足以供应植株所需的养分，成活率应该比土壤栽培的还要高吧？

林：对啊，我心飞翔真聪明！无土栽培的佛手盆景其重量一般只有土栽佛手盆景的1/5，改变了原来土壤栽培佛手盆景笨重的缺点。其外观干净整齐，更适宜居室摆放。这种佛手更适合长途运输，减少受损率，大大降低了成本，还减少了来自土壤的病虫害，有利于出口。而水培的佛手盆景是集插花、盆景、鱼缸于一体，更具有独特的装饰性和观赏价值，更深受人们的喜爱。

玉：是的是的，佛手飘香您真是太可爱了。

林：不是我可爱，我是觉得，佛手它实在是太可爱了，你愿意来我们金华一起携手，共谋发展吗？

玉：真的吗？我刚毕业，正愁找不到工作呢！你不嫌弃吗？

林：怎么会呢？你是高才生，就怕求不动你呢？

玉：真要？

林：真要！

玉：做什么？

林：要做的事业可多了，我们可以一起研究佛手的起源、发展，研究佛手的价值，佛手的文化、传说，佛手的开发前景，等等，把佛手网站继续做大做强，金华的佛手市场不应该是过去家门口的"提篮小买卖"，应该走向全国各大花卉市场，走向国际。

玉：对，佛手的形、色、味俱佳，寓意着"福寿吉祥、招财进宝"的深意，是一种很有文化内涵的产品。前景很广阔，关键是怎么种、怎么卖、怎么进行深加工的问题。

林：您说得太对了，我们都想到一块去了，现在国家对农业的扶持政策越来越好，这是做好佛手"这篇文章"的大好时机。

玉：那我明天就来上班？

林：好啊，热烈欢迎！

玉：在哪见面？

林：金华仙桥花木城！

玉：一言为定！

林：不见不散！

（2010年5月，我为金东区赤松镇创编情景小品剧《佛手飘香》。作品参加5月4日金东区纪念五四运动91周年暨青年创业致富带头人风采展示活动。）

随访风波

时间：现代的某天。

地点：某农村家庭。

人物：爱岗敬业的家庭医生、

　　　七十多岁患高血压父亲、

　　　怀孕待产的患者女儿。

场景：普通的农家客厅摆设，悬挂"家和万事兴"的字匾。

幕启。

父亲：（播放着《咱老百姓真高兴》的背景音乐。父亲坐在轮椅上出场，一边嘴里哼唱一边艰难扫地。）咱老百姓真高兴……咱老百姓真高兴（突然摔倒，又艰难爬起，边爬边说）哎哟，啧……哎，这年头，咱老百姓呐，确实是开心和高兴啊，农民呢不交税，读书呢又免费，人人倍得实惠，和谐新社会啊。你问我啊？我是失地农民，有了工资领，又是拆迁安置户。可是啊，唉（叹气）家家有本难念的经啊，现在，生活好了，可我年纪大了；条件好了，可我血压高了、腿也瘫了，家里却没人照顾了。唉……不过，还好，天无绝人之路，我又找了一个女儿回来呢！

212

　　（神秘地哭，又继续艰难打扫卫生。）

　　（女儿挺着大肚子，手拎若干香蕉上场。）

女儿：老公非要生二胎，以后还要生三胎，说是多子会多福。我啊，娘家是多湖横塘沿，出嫁嫁到澧浦的任宅前，老公外面做生意，没有回家好多年，难得今天回老家，看看自的老爸且（金华方言"也可以"）。嗬，娘家变化当真大，家家户户搞拆迁，老爸这里有钞票，专门回来借点钱。老爸……老爸……开门……（敲门）

父亲：（听见敲门，欣喜状）喏喏喏，今天是随访日，一定是女儿回来了。来了，来了。（推车前往开门）

女儿：爸，爸……（当门打开时，女儿大嗓门，表现很甜美。）

父亲：我不是你爸，你也不是我女儿。（父亲一反常态，不理不睬，甚至厌恶，使劲地护着门，不让进来，气喘吁吁的。）

女儿：（父亲终究没有力气，被女儿挤进来了）干吗呀？爸，女儿今天不是回来看你了吗！

父亲：我不要你看，你不是我女儿！

女儿：我是你女儿，喏，这是我给你买的香蕉。（放到桌上）

父亲：算了吧！我最爱吃的是葡萄。

女儿：对，对，是葡萄，爸，下次给你买葡萄，啊……（去推老爸的车）

父亲：不用了，还是你自己吃吧，停！（摆手）别推了，我自己能走。（自己手推车轮前行）

女儿：爸……你好狠心啊，我难得回来一次，你居然不认我这个女

儿？（哭泣）

父亲：你，你还有脸哭？是啊，你难得回来一次，这么多年了，你一
　　　共回来过几次？你心里还有我这个老爸？

女儿：爸……女儿在外面打拼，做生意也不容易啊，这不，生二胎
　　　宝宝了，就回来了……（摸肚子）

父亲：生再多都没用！（嘀咕）

女儿：再说了，我今天回来一趟，也不容易啊，天气这……么热，
　　　高铁票又这……么贵，都能买一拖拉机的葡萄了。（自己坐下
　　　顺势又吃上了香蕉）

父亲：你……你……你是存心想把我气死啊……（这时，父亲的手
　　　机响了，是"女儿来电话了，女儿来电话了"的语音，父亲
　　　接听，说话）喂，是乖女儿啊，哦，你要过来啊，好，好，听
　　　我气有点儿急，对，是啊，家里来了一个白眼狼。

女儿：（重复）白眼狼？女儿，快回来吧？唉，不对啊，爸……你和
　　　谁在打电话呢？

父亲：你管不着！

女儿：我，我怎么成白眼狼了啊？

父亲：你心里清楚！

医生：（背着黄色访视包，包上贴着签约家庭医生二维码，急急忙
　　　忙，直接开门进来）老爸……老爸……怎么回事啊？家里来
　　　了白眼狼？

父亲：女儿啊，你终于来了，老爸，差点儿被她气死了……（咳嗽）
　　　胸闷啊！

医生：消消火，消消火，不气不气，啊，来，让我来给你做个检查，嘘，闭目养神，配合检查，对，很好，配合啊！

女儿：哎，我说，爸……我是白眼狼，那她是谁啊？（莫名其妙）

医生：（嫌弃女儿太吵）老爸需要清静，严禁大声喧哗，（拉女儿到一边）你问我是谁？你没听见老爸叫我"女儿"吗？

女儿：你是他女儿？那我是谁啊？嘿，奇了怪了，你可一定要给我说清楚，你到底是谁？

医生：快去，拿一块湿毛巾……（一边工作一边解释）大姐，你是他的女儿，我也是他的女儿，不过呢，我是干女儿。

女儿：啊……干女儿……不会吧？（愕然）你……是干女儿？

医生：嗯呐，也是你老爸签约的家庭医生。

女儿：家庭医生？这到底是怎么回事啊？（一头雾水）

医生：家庭医生！是我们金东区卫计系统自"多湖模式"以后，推出的又一项创新的医疗卫生服务工作。就是医生直接上门和病人签约，实行一对一的医疗服务，当好百姓"健康的守门人"。

女儿：当好百姓"健康的守门人"！说得好听吧？你分明是借什么签约的家庭医生之名，和我老爸攀上关系，想……

医生：想什么？

女儿：想分我们的家产吧？

医生：你……（生气）

女儿：你什么你？对了，一定是这样的，一定是这样的……

医生：这位大姐，请你说话放尊重点儿！

女儿：放尊重点儿？哼，我是他的亲生女儿，你是什么东西？

（医生虽然生气，但很坦然，不予理睬，继续工作。）

女儿：想不到啊，小小年纪，挺有心计！知道我爸有钱，有房，想霸占啊？门都没有！

医生：你简直是无理取闹！

女儿：哼，我无理取闹！大家评评理，我难得回到家里，居然不被待见。一个什么签约医生，老爸居然这么亲近，这公平吗？

医生：你觉得不公平是吗？（情绪略激动）

女儿：公平吗？（情绪特激动）

医生：好，那我问你，你是不是他的亲生女儿？

女儿：是，当然是，血浓于水！

医生：好，我再问你，老爸今年多大岁数了？

女儿：73岁。

医生：生日是什么时候？

女儿：8月19日。（扬扬得意状）

医生：老人一般喜欢过阴历生日，我指的是阴历？

女儿：不知道。

医生：老人最怕什么？

女儿：不知道。

医生：老爸最喜欢吃什么？

女儿：哈哈，知道，葡萄。（更得意忘形）

医生：那你为什么买香蕉？

女儿：我……我也喜欢。

医生：你一年回家几次？

女儿：我忙。

医生：忙是理由吗？

女儿：你管不着。

医生：你知道老爸有多想你？（步步紧逼）你知道老爸有多孤独？你知道老爸身患什么疾病？你知道糖尿病、高血压病、脑卒中、慢性阻塞性肺病的痛苦吗？你尽到一个女儿的应尽义务了吗？前几年你老妈去世了，你又难得回家，他闷闷不乐的时候，你打电话关心过吗？

女儿：（惊愕，瘫软坐下。）

父亲：（此时慢慢恢复元气，回过神来）你们两个不要吵了，也不要哭了。刚才我都听见了，女儿啊，爸真的很想你！是有钱了，可我没有了快乐；爸有房了，可我老了，生病了，孤独啊！（语气加重）

女儿：爸……（两个女儿守护着）

父亲：现在国家医疗政策好，为方便老百姓健康咨询和个性化服务，居民都可以签约家庭医生，享受免费的基本医疗，公共卫生服务和健康咨询了。这些年来，我自己心里明镜似的。

女儿：爸……现在哪有什么真正的免费啊！你去免费公厕，那是要你买纸巾；免费设计发型，最终是叫你烫头发；免费领取奖品，其实是让你办会员卡。免费？都是套路！（还是不太相信）

父亲：你，你给我闭嘴！你非要真的把我气死啊？

父亲：你老妈走了以后，你又难得回家，也从来不打电话关心我。这两年来，多亏有了她——签约医生，每月来随访我，为我做健康咨询、预约挂号、转诊看病、打扫卫生、洗衣做饭。她，一个签约的家庭医生，尽到了你——我亲生女儿都没有尽到的孝道，是我非要认她做我的干女儿啊。

女儿：爸……不会吧？女儿是做得不对，但毕竟是你的骨肉啊！怎么就比不上一个外人呢？

父亲：（父亲狠狠地推了亲生女儿一下）我怎么就生了你这个白眼狼呢？（忽觉得女儿怀孕大肚子，又心疼，招手示意到自己身边）女儿啊，爸，都是快要入土的人了，能睁眼说瞎话吗？我可以编故事，但编不了国家的政策，编不了实实在在的工作记录，编不了这点点滴滴的真实关怀！你看，这是随访记录（一边说一边拿起随访包打开）你是我的亲生女儿，她是我的医生女儿，亲生不如签约啊！（语气加重）

女儿：（接过一沓随访记录表，翻开一页一页看，还问老爸和医生。）嗬，这是我们村的张阿姨，高血压控制得不错；爸，这是我们隔壁的李大叔吧？他血压控制不好，还调过药；哎，这是花花阿姨，哇，她血糖值波动有点儿大……

医生：她现在就住在楼上，爱吃零食，糖尿病好多年，就是不忌口。

女儿：对对对，（引起共鸣）她最爱吃零食了。

（看了每月的随访记录，再聆听父亲的言语，良心慢慢发现了。）

爸……对不起，是女儿错了（再向医生检讨）哎，医生，不，小妹，对不起，是我错怪你了，不该怀疑你和我爸的父女关系，谢谢你！

医生：哪里哪里，我和老爸是在快乐工作中，建立的父女关系，这是应该的。

父亲：听听，多好的女儿啊！

女儿：爸……我知道错了，我以后改，还不行吗？

医生：大姐，这就对了。老爸，你说呢？

父亲：嗯，签约家庭医生是一项好政策，又是免费的，不单单针对老年人和慢性病患者，还包含普通人群，特别像你这样的孕产妇，还有以后你的宝宝的预防接种，都是他们的服务对象。

女儿：真的？

医生：真的，如果您愿意，我可以当场和你签约。

女儿：爸，自从妈走了以后，你一个人住进了小区，一天到晚一个人，又没事做又没人说话，全靠医生女儿关心你，我想……

　　（女儿惭愧状）

父亲：想什么？

女儿：想搬回来住，在你这里养胎，陪你！

　　（医生、父亲异口同声说好）

女儿：那，小妹，我们就现场签约吧？

医生：哎，大姐，这么急着签约？你就不怕我霸占老爸的金钱房产啊？

女儿：（拉医生手）不怕！小妹，不好意思，误会你了，那些都是气话，你就原谅姐姐了啊，爸，你说，对不对啊？

父亲：对，对。

医生：那，姐，随访时间，择日不如撞日，让我来帮你检查一下身体吧！

女儿：好！

父亲：（深情地望着，温馨画面，由衷地说）

亲生女儿、医生女儿都是我的好女儿。

（应岭下镇卫生院稿约，2018年7月26日上午完成。该剧在金华婺剧院参加金东区卫生系统文艺会演获一等奖。）

点验

——小品短剧

幕启:(铁军集结号吹响,多湖铁军整队上场。)

班长:立正! 向前看齐,向前看,向左转,跑步走!

　　一、一、一二一,一二三四(看舞台大小,可以多跑几步,上舞台后,再次进行整队)立正! 向前看齐,向前看。报——数。

全体:一二三四五,工作真辛苦,经常要加班,最苦是多湖。

班长:怎么啦,怎么啦,今天晚上食堂的菜不好吗? 同志们啊,我们要不忘初心,牢记使命,我们是什么?

队员:多湖 NO.1,铁军、标杆、铁军标杆,标杆铁军、金东标杆。

班长:对,我们是金东标杆! 我们是召之即来,来之能战,战之必胜,攻无不克的多湖铁军。给我重新——报——数!

全体:一二三四五,我们不怕苦,特别能战斗,最美献多湖。(语气明显变低,虽有造型却缺乏气势。)

班长:干吗! 干吗! 报数报得不错,有进步,可是没有一点儿精气神啊! 同志们啊,苦不苦,我们要想想红军二万五!

全体：累不累，时刻怀念老前辈！（立马大嗓门接话）

班长：（班长被声音吓了一跳，但马上回过神来肯定）对！要的就是这种气势！同志们啊，今天我们的童军长和胡政委，要下连队来看望大家啦，一定要拿出刚才的气势来！大家有没有信心？

全体：有！

甲某：报告班长？

班长：说！

甲某：首长下来，不知道有没有那个意思？

班长：什么意思？

甲某：我的意思，就是你也知道的那个意思，首长下来，对大家有没有准备过那个意思？（嬉皮笑脸地靠近班长说）

班长：严肃点，归队！全体立正！稍息！老想那个意思？有意思吗？（语气又明显缓和下来）同志们啊，这几年，大家工作确实很辛苦，五加二，白加黑的，但是，首长们，也辛苦啊。大家还记得童军长来的第一年，提出的口号吗？你说！

甲某：向我看齐，跟我上。

班长：第二年？你！

乙某：遇事绝对，不过夜。

班长：第三年——

丙某：第三年，真心实意，办实事。

班长：第四年——

丁某：第四年？报告班长，好像首长还没提过？

班长：对，是没提过！那你觉得，首长会提什么呢？

新人：我觉得，"我是标杆，我敢飙。"

班长：好，你这个新兵蛋子，还挺有远见嘛！来，把我们的番号亮出来！

全体：是！（展示事先准备好队旗，上面写着"多湖街道9310铁军部队"。）

班长：同志们，2019年即将过去，大家辛苦了，大家也都知道我们的队伍，为什么叫9310铁军部队了吧！

全体：（大声回答）九场硬仗，三大特色，十大实事。

班长：好，那今天咱们就来个"特色总结会"，盘点一下2019年的工作吧！（全体队员，每人四句话，随音乐节奏，轮流上台）

1. 实体经济翻身战，多湖经济稳总量。

   重点项目三十一，都市核心品牌亮。

2. 都市能级提升战，征迁工作是硬仗。

   双百双千还清障，完成任务全胜仗。

3. 改革开放攻坚战，深入推进一项项。

   多姿多彩美多湖，文艺之花竞开放。

4. 交通廊道突击战，主动服务强保障。

   四横三纵全亮相，赢得百姓齐点赞。

5. 民生改善持久战，切实推进民期盼。

   垃圾分类全覆盖，富民安居"高大上"。

6. 生态环境保卫战，人居环境大改善。

   推进污水零直排，水域清理保洁畅。

7. 文明城市荣誉战，基础设施有提档。

   社区环境美又靓，永居第一稳当当。

8. 基层治理巩固战，务实为民有方案。

   村长，代陪访，重点稳控打胜仗。

9. 清廉金东推进战，做好后半篇文章。

   重视巡察整改强，风清气正亮堂堂。

全体：一二三四五，我们不怕苦，特别能战斗，最美献多湖。

班长：好，同志们啊，刚刚大家总结的是九场硬仗，场场都干得很漂亮。当然还有三大特色工作，十大民生实事，也全部完成得很圆满，这就是我们的9310部队。

（画外音：报——告——班——长，首长来了！）

（班长马上再次整队，口令简略，迎接首长到来。）

班长：报告首长，新城铁军，集结完毕，请您检阅！

（解放军进行曲音乐起。）

首长：同志们好。

全体：首长好。

首长：同志们辛苦啦！

全体：为——人——民——服——务！

（首长一个一个分发礼品。）

班长：全体立正，稍息，请首长做指示。

群文漫路

首长：各位干部，各位家属，值此新年来临之际，我向大家致以诚挚的问候！光阴似箭，日月如梭……明年愿大家继续支持多湖铁军的忠诚担当；只争朝夕、不负韶华、追梦奋进！再次祝愿大家新春愉快阖家欢乐！

全体：我是标杆，我敢飙。

（首长们退场！）

班长：全体立正，向前看，向右转，目标2020年，开拔！

（全体演员，在嘹亮歌声中退场。）

（切光）

（用于2020年多湖街道机关干部迎新春联欢会，全部由军转干部参演，有感于"时任书记童作勇的能力魄力"及"多湖铁军是金东铁军的标杆"荣誉而作。）

06

相声论文数来宝

作者（左）和黄建亮（右）表演相声《阿郎金华》

阿郎金华

——对口相声

甲：这位朋友，向你请教几个问题。

乙：什么问题？

甲：你到过东阳横店吗？

乙：到过，那是东方好莱坞，了不起呀！

甲：你到过永康方岩吗？

乙：到过，"客客我哒歇，我哒新被新草结"。（永康方言，客人来我家，我家有新被子、新草席的意思。）

甲：你到过地下长河吗？

乙：到过，"要嬉嬉，到兰溪"嘛。（兰溪的旅游广告语）

甲：那你到过"阴曹地府"吗？

乙：到过，啊呸……你才到过呢！

甲：你知道"牛头马面"吗？

乙：不知道！

甲：你知道"凶神恶煞"吗？

乙：不知道！

甲：你知道"牛鬼蛇神"吗？

乙：不知道！

甲：你知道你自己是不是人吗？

乙：不知道，啊呸……你才不知道呢！

甲：那你是哪里人呐？

乙：阿郎还是正宗的金华人哇。

甲：你是金华人？

乙：金华人呀！

甲：那你是金华人，怎么不知道"牛鬼蛇神"呢？

乙：哦，照你这么说，金华人就一定知道"牛鬼蛇神"喽？

甲：对呀！

乙：哼，那你是金华人吗？

甲：是的。

乙：那你到过"阴曹地府"吗？

甲：到过。

乙：你见过"牛头马面"吗？

甲：见过！

乙：你知道"凶神恶煞"吗？

甲：知道！

乙：你知道"牛鬼蛇神"吗？

甲：知道！

乙：好，那你给大伙说说，这"牛鬼蛇神"的"牛"是什么意思？

甲：牛？

乙：对，这"牛"是什么意思？

甲：东方一绝——金华斗牛！

乙：鬼？

群文漫路

甲：省级重点文物保护单位——汤溪的城隍庙！也就是"阴曹地府"。

乙：蛇？

甲：轰动海内外的金华婺剧——《白蛇传》！

乙：神？

甲：港台崇拜的——黄大仙啦！（模仿港台人说话的口音）

乙：嘿！瞧不出你对我们金华还真了解。

甲：不光了解，而且有研究。

乙：那都有哪些研究呢？

甲：人情风俗，天文地理，名人名产，名胜古迹。

乙：呵，研究的种类还真多！

甲：那当然，别看我年轻，可人家都叫我"老金"。

乙：口出狂言，尽吹牛皮！

甲：火车不是人推的，牛皮不是我吹的。

乙：你这么说，我倒要考考你。

甲：难不倒我。

乙：我要说名胜古迹。

甲：我就给你对，古迹名胜。

乙：那听好！

甲：你来吧！

乙：永康刘英烈士墓。

甲：兰溪有座李渔坝。

乙：磐安昌文塔。

甲：金华大佛寺。

乙：永康五金城。

甲：兰溪兰花村。

乙：金华八咏楼。

甲：武义熟溪桥。

乙：江南还有颗明珠。

甲：那是，小商品市场在——义乌。

乙：它是"肩挑货郎担"挑出的金世界。

甲：它是"手摇拨浪鼓"摇出的新天地。

乙：鸡毛换糖哟！（义乌俗语，指物资匮乏的年代，小商小贩用红糖、草纸等低廉物品换取居民家中的鸡毛等废品的获取微薄的利润。）

甲：鸭毛、鹅毛都要咯！

乙：修洋伞啰！

甲：修锁补锅啰，补洋铁锅、洋面桶喔！

乙：嘿！你知道得还真多！

甲：那当然，搞研究的嘛！

乙：我要说名人？

甲：我给你对名人！

乙：你听着，号称"初唐四杰"之一的骆宾王是义乌人。

甲：号称明朝"开国文丞之首"的宋濂是浦江人。

乙：兰溪有个戏剧理论家叫李渔，被称为"中国的莎士比亚"。

甲：东阳有个邵飘萍，被誉为"具有热烈理想和优良品质"的一代报人。

乙：中国第一个翻译出版《共产党宣言》的著名语言学家、教育家陈望道是义乌人。

甲：创作历史名剧《海瑞罢官》的历史学家"太史公"——吴晗，也是义乌人。

乙：历史名人举不胜举。

甲：数风流人物还看今朝！

乙：对！著名物理学家、曾任全国人大常委会副委员长的严济慈是金华东阳人。

甲：著名经济学家曾任全国政协副主席的千家驹是金华武义人。

乙："啊！大堰河——我的保姆！"是金东区著名诗人艾青的伟大诗篇。（深情朗诵并拥抱甲）

甲："我们的家乡，在希望的田野上"是人民音乐家施光南的杰作，他也是金东区人。（激昂演唱并做手势）

乙：我说——名产。

甲：我对——名产。

乙：您听好。哎！各位朋友，过来看一看，过来瞧一瞧，东阳木雕，精工细雕。

甲：哎！看上一分钟，有您一分钟的好处，武义棕棚，超过"梦神"。

乙：哎！不吃不知道，一吃就见效，磐安芍药，苦口良药。

甲：瞧上两分钟，有您两分钟的实惠，金华佛手，国内一流。

乙：哎！兰江味精，精益求精。

甲：哎！永康小五金，畅销哈尔滨。

乙：哎！香喷喷、脆辣辣的金华酥饼。

甲：哎！红彤彤、甜蜜蜜的义乌红糖。

乙：哎！浦江剪纸，栩栩如生。

甲：哎！东阳竹编，活灵活现。

乙："鹅，鹅，鹅，曲项向天歌，白毛浮绿水，红掌拨清波"——永康灰鹅！

甲：阿郎的金华火腿香呀香喷喷，火腿蒸蜜枣，火腿炒笋片，火腿炖冬瓜……味道啦杭？香么香门格！（方言，味道怎么样？好香好香啊）

乙：好！你不愧是金华人！

甲：其实，你也不愧是金华人！

乙：那当然，你也别看我年纪轻，可人家也都叫我"老华"。

甲：真的？老华同志。

乙：老金同志！

甲：那我们两个是……

甲乙：（合）"老——金——华"！

乙：我们作为金华人，确实应该了解我们金华的"名""优""特"，牢记我们金华的"传家宝"。

甲：对！我们金华是"历史文化名城""国家卫生城市""优秀旅游城市"，我们呢！要争做文明市民，文明使者，宣传金华，提高品位。

乙：对对对，这些年来我们金华是越来越漂亮了！

甲：而且，也越来越开放了！

乙：热忱欢迎各位朋友到金华来观光旅游。这几年呐，我们金华确实是增添了不少的新鲜旅游特色！

甲：对，要说新鲜哪，要数我们金华最近出了一个特大新闻！

乙：什么新闻？

甲：一个超生专业户，它一胎生了三十个。

乙：啊，这可违反计划生育。

甲：哪里，市委领导都亲自登门祝贺，并且赠送光荣匾，上面还有题词："生儿育女有神通，超生多生真光荣。再接再厉好好干，为国为民立大功。"

乙：这都什么词呀！

甲：电视台专门组织特别摄制组，跟踪拍摄专题片。

乙：应该曝光曝光！

甲：电台、广播进行了特别宣传。

乙：应该批判批判！

甲：全国各地的养殖专家，专门来金华引进这种育种新技术。

乙：哼，这是对我们金华的讽刺！

甲：不，这是我们金华人民的骄傲。

乙：哼，这是给我们金华人民倒霉！

甲：不，这是我们金华人民的财富。

乙：你认识他？

甲：认识，熟得很。

乙：你见过面？

甲：见过，天天见。

乙：那他姓啥？

甲：姓"两"。

乙：叫啥？

甲："两头乌"。

乙：啊！原来是中华熊猫猪呀！

（我的处女作，入选《金华市曲艺作品选》，参加金华市第八届曲艺会演。）

作者（左）与邵云中（右）在兰溪剧院表演《阿郎金华》

"五费"出"征"

——群口相声

甲：同志们，朋友们，大家好，首先呢，自我介绍一下，啊！这个，本人是我们当地优秀的、具有超前眼光的企业家，啊！我姓楼，叫楼根金，万丈高楼平地起的楼，根留住的根，金碧辉煌的金。但是，大家千万不要叫我"留根筋"，我可不是那种忸忸怩怩、吞吞吐吐、不爽快的人啊！

同志们，不要吵、不要乱，听我说。本来我们这个地方比较穷，自从我办了这个工厂之后啊，当地百姓是深受实惠，生活水平有了很大的提高，这都是我的功劳嘛，对不对？我们这些办企业、当老板的，也是很不容易的，啊！这次，关于推选人大代表，还请大家多多照顾……多多照顾啊！

合：照顾？不可能。（"五费"即五人上场）

甲：啊……你们是……

合：我们是贵厂职工的心声代表。

甲：我怎么不认识你们？

乙：你当然不认识我们。

丙：你怎么可能认识我们。

丁：你不可能认识我们。

戊：你巴不得不认识我们。

己：你最讨厌认识我们。

甲：好，好，好，你们到底来自哪里？

合："ＷＷＷ 点坑"。

甲：网络世界？

合：ＹＥＳ！

甲：(吓一跳) 好呀，还是"外国进口"的，请问？你们几位找我
　　有什么事吗？

合：快过年了，向你讨债！

甲：呸，不可能，我上不欠公款，下不欠私债，没有债务纠纷。

合：呸，你敢说没有？

甲：嘿，你们不相信，我可是当地优秀的、具有超前眼光的企
　　业家，我可是纳税大户。

合：你不欠税！

甲：那欠什么？

合：欠费！

甲：欠什么费？

合：社会保险费！

甲：嗨，这些我都交的，房子财产保险费、汽车保险费、老婆孩
　　子人寿保险费等，我都交的。

合：那是两码事！

甲：那你们的费指的是？

合："五费合征"，统称社会保险费。

甲：啊呀，什么有心有肺，没心没肺，税和费，费和税，我都被你们给搞糊涂了。

乙：楼厂长，"留根筋"同志，你是真不懂还是装不懂？

甲：哎，我是真不懂！

乙：好，那我就给你上上课。"五费"归属社会保障工程，事关国计民生，与社会和谐、大局稳定休戚相关，是全社会共同的工作和责任，是国家保持长盛不衰的重要保证，省市都已相继出台征缴办法，给予法律保护。

甲：哦？那你是？

乙：我就是"五费"之首——基本养老保险费。（贯口）人生在世，吃穿二字，这是做人最最基本要求。在你的厂里，多少职工默默无闻地工作着，勤勤恳恳地奉献着，为你创造了多少宝贵的财富，产生了何等丰厚的利润，他们是有功之臣，真正的劳动财富创造者。但是，一旦达到了高龄，丧失了劳动能力，说得好听是退休，说得难听就是你一脚把他们踢开，从此不闻不问。人非草木，孰能无情？这些老人就此丧失了依靠，断绝了来源。出于人道精神，你难道不慷慨解囊，做到你该做的吗？

甲：（哭腔）别说了，我有罪，我坦白，我不是人，我交！啊！

丙：他的交了，我这还有呢！

甲：你是……

丙：我是"五费"老二——基本医疗保险费。（贯口）生老病死，实属自然。人活于世，哪有不生病的。老百姓不怕没钱，就怕有病，职工生病，时有发生，特别是生大病，由于无钱得不到及时治疗，而走向更加贫困的边缘，该出手时就出手，是我国的传统美德，身为炎黄子孙，你有何感想？难道你不会变老吗？难道你不会生病吗？嗯？（提高嗓门）会不会？

甲：啊，会，会，会。应该的，应该的。

丁：他是应该的，我就不应该吗？

甲：你又是……

丁：告诉你，我是"五费"老三——失业保险费。（贯口）天有不测风云，人有旦夕祸福，人不可能先知先觉，而市场经济更是风云变幻。此一时，彼一时，如今你的行业是蒸蒸日上，财运亨通，假如有朝一日，你的企业不景气了，你是大可以高枕无忧，而你的职工就得面临失业的痛苦、生活无着的困境。你于心何忍，有何脸面，苟喘于世？趁你现在良心未泯，化解这极易造成社会不稳定的因素吧。为你的下属职工投入失业保险，不是应该的吗？

甲：是是是，绝对交，你说交多少？

戊：等等，我还没说呢，我比他更直接，更现实，这叫识时务者为俊杰。

甲：你老兄又怎么讲？

戊：我是"五费"老四——工伤保险费。（贯口）常言道，常在河边走，岂有不湿鞋。你能保证你的企业安全保险，没有隐患吗？你舍得为自己的财产、汽车、妻儿老小买保险，就不考虑下属职工的人身安全吗？一旦发生险情，小者伤残，大者丧命。

群文漫路

工伤事故，轻者赔钱，重者判刑，孰轻孰重，你自己掂量掂量！事到临头，将悔之晚矣。你怎么老是"留住一根筋"，不会拐弯呢？

甲：对！对！我怎么就不会拐弯呢？这份保险交掉，有百利而无一害，不怕一万，只怕万一，交他个几万，捞回几十万，合算、现实、直接，哈哈……

己：他最现实，最直接，难道我就不值得关心体贴？

甲：哟，是位女同志！

己：女同志，女同志怎么啦？女同志能撑半边天，不要重男轻女，歧视异性。

甲：不会不会，亲近还来不及呢！

己：少来这一套，告诉你，我可是"五费"老五——生育保险费。（贯口）女娲造人，男女有别，生育赋予我们女人特别的权利，没有我们这些女人，就没有这大千世界、芸芸众生。在你成功的背后，不也依靠着你老婆这个坚强的后盾吗？你说，女人重要不重要？

甲：重要！

己：你离得开女人吗？

甲：离不开！

己：喜欢女人吗？

甲：特别喜欢！

己：那女人生育有危险吗？

甲：有危险！

己：有危险就得保险！

甲：对，要保险！哎，五费小妹妹，我都不给他们考虑，我老婆也不考虑，就考虑你啦！

合：咳咳！（故意咳嗽）

己：刘老板，这"五费"规定是合征的，我们是一家人！

甲：啊，对对对，大家都说得非常有道理，可是道理归道理，可我总觉得你们这样会不会加重我们企业的负担啊？我可没这么多钱！

己：这是《浙江省社会保险费征缴办法》明文规定的，你有监督我们的权利，更有依法缴费的义务，我们不会多要，当然也不会少取。

甲：好好好，各位朋友，不，各位"费友"，一回生，二回熟，今天不谈工作，我请客，请你们一起去桑拿，怎么样？

合：怕烫！

甲：那去敲背？

合：怕疼！

甲：去卡拉永远 OK？

合：五音不全，只懂政策！

甲：哎，上有政策，下有对策嘛，我给大家买几条好烟去？

合：一年少送几条烟，保险能交好几千！

甲：我请你们到五星大酒店吃饭？

合：一年少请几顿饭，保险能交好几万！

甲：啊呀，这万水千山总是情，保险少交行不行？

合：万里长城永不倒，"五费"一分不能少！

甲：看来是动真格了，减免不了了！

乙：不依法缴费，将加收滞纳金，依法进行罚款，履催不缴或逃避缴纳的将移送人民法院强制执行。

丙：这是构建和谐社会，打造平安金华的需要。

丁：这是完善社会保障体系，实行社会保障制度的条件。

戊：大过年的，"留根筋"干吗惹得大伙不开心！

甲：交！交！我马上交给你们！

己：不用啦！现在都实行"银税联网"了，只要钱一交到银行，就能自动扣款了！

甲：好，好，我马上交去交，先走一步啊！

合：不送，早该走了！

乙：同志们，我们的"五费"出"征"胜利了！

丙：我们的征费计划成功了！

戊：我们的征费工作完成了！

己：我们"五费"好开心啊！

丁：这就是团结的力量。

合：对，这就是团结的力量！

（齐唱：团结就是力量，团结就是力量，这力量是铁，这力量是钢，比铁还硬……下场）

（当年应汤溪地税局稿约，用于地税系统文艺会演。）

创先争优新事多

——数来宝

甲：打竹板，脆又响。

　　创先争优的活动，听我来宣讲。

乙：等等，创什么先? 争什么优?

　　听你说话有点抠。

甲：哎，你问得及时，问得好。

　　那我就，从头给你来开导。

乙：好呀，我这人呐，

　　是活到老，学到老。

　　学习态度相当好，

　　总觉得，自己肚里的东西很缺少。

甲：创先争优的活动层次高，

　　布置这项工作是党中央。

　　改革创新的精神要加强，

　　党的建设要求任务要提高。

乙：对，对，对，

　　十七大，描绘的蓝图很宏伟，

　　确实要，共产党人自身建设重作为。

甲：所以就，提出要创先要争优，

　　工作一步一步来自纠。

　　创建先进的基层党组织，

　　共产党人发挥先锋模范作用争优秀。

乙：共产党人，创先进争优秀，

　　共同为构建小康社会做奋斗。

　　为民服务宗旨观念牢牢记，

　　行动上面坚决不打小折扣。

甲：基层组织创先进，

　　带领党员比干劲。

乙：基层党员争优秀，

　　凝聚人心齐奋斗。

甲：这是学习实践科学的发展观，

　　激发党员的能量用也用不光。

乙：这是推动党建服务国家的大局，

　　更是服务群众密切党群干群的好载体。

甲：我们金东区，

　　创先争优的活动很红火，

　　遍地开花结硕果。

乙：对，金东区，

　　创先争优的新事多，

　　争当"五事"的干部多，

　　干部想干事、会干事、

干成事、能共事、不出事。

涌现的模范先进党员多，

听我们慢慢往下说。

甲：曹宅干部徐红卫，

长期蹲点基层不怕累。

联村串户访贫苦，

还和低保的家庭结成对。

换届选举任务重，

老父亲住院都没有去安慰。

指导农村疑难事，

农村农民得到最实惠。

乙：金东公安的楼咏东，

网络监管显神通。

破获的案子一件件，

经常省厅、市局立大功。

对党忠诚坚如铁，

网上嫌犯无遁踪。

咬定网监不放松，

任凭东南西北风。

甲：赤松医生邵锦霞，

全科技能不虚假。

创建电子健康册，

百姓健康随时查。

群文漫路

246

甘当孩子"小保姆"，

陪伴老人不孤寡。

平凡岗位显人格，

医疗战线发新芽。

乙：创先争优活动好，

党员跟着支部跑。

创先争优活动好，

架起鱼水连心桥。

甲：创先争优新事多，

不能一一往下说。

创先争优新事多，

人人不把后腿拖。

乙：创先争优掀高潮，

一定要，基层组织建设好，

只有领导班子好、党员队伍好、工作机制好、

小康业绩好、群众反映好，我们才能够，

越过越——美——好！

（2011年1月，为金东区组织部创编。1月21日参加金华市在曹宅镇举办的创先争优惠民大行动启动仪式，并在活动中演出。）

漫谈文化礼堂与村落
传统文化的传承发展

——以金华市金东区农村文化礼堂建设样板为例

群文漫路

　　2013年初，省委、省政府做出了"建设农村文化礼堂，共筑群众精神家园"的重大决策部署，特别是时任省长在《政府工作报告》中指出的，今年将要建设1000个农村文化礼堂，并把此项工作列入今年省政府的十件实事之一。这确实是一项切实改善民生、满足基层文化需求、构建农民精神家园的重大举措，也是建设物质富裕、精神富有的现代化浙江的一件实事。要实现这一宏伟目标，要将这一实事办实、好事办好，就要抓住眼下建设农村文化礼堂的绝佳时机，将礼堂内部建设与村落传统文化的传承发展紧密结合起来。

一、文化礼堂的"前世"，缺乏村落传统文化元素

（一）社会主义新农村建设

　　文化礼堂建设的"前世"，仔细回想，其实就是社会主义新农村建设。2005年10月，十六届五中全会通过的《中共中央关于制定国民经济和社会发展第十一个五年规划的建议》中指出，建设社会主义新农村是我国现代化进程中的重大历史任务。要按照生产发展、生活宽裕、乡风文明、村容整洁、管理民主的要求，坚持从各地实

际出发，尊重农民意愿，扎实稳步推进新农村建设。自此，全国新农村建设拉开序幕。

（二）中国美丽乡村建设

2008年，浙江省安吉县正式提出中国美丽乡村计划，出台了《建设中国美丽乡村行动纲要》。安吉县美丽乡村建设计划不但改善了农村的生态与景观，还打造出一批知名的农产品品牌，带动农村生态旅游的发展，提高农民收入，为中国特色社会主义新农村建设探索出一条创新的发展道路，在全国引起强烈反响，成为全国关注的焦点。"十二五"期间，受安吉县中国美丽乡村建设成功的影响，浙江省率先制定了《浙江省美丽乡村建设行动计划》，紧接着，广东省、海南省也明确提出，将以推进美丽乡村工程为抓手，加快推进全省农村危房改造建设和新农村建设的步伐。从此之后，美丽乡村建设成为中国特色社会主义新农村建设的代名词，在全国各地蓬勃发展。

（三）缺乏软件建设投入

由社会主义新农村建设，到中国美丽乡村建设，各地农村在村容村貌改观上确实可谓翻天覆地，焕然一新，基本上都实现了村庄的"穿衣戴帽""五化"（道路硬化、树木绿化、水质洁化、环境美化、路灯亮化）工程，众多的新农村、美丽乡村应运而生。然而，各级政府在大力推进建设工作全覆盖的同时，忽略了软件建设投入的比重。确切地说，是忽视了新农村建设工作中的精神文化建设工作，忽视了村落传统文化的传承发展工作，而变味成了单一的新村庄建设。绝大多数的新农村、美丽乡村还缺乏内涵，缺乏内在的精神之美、文化之魂。

（四）文化礼堂精神家园

现如今省委、省政府做出了"建设农村文化礼堂，共筑群众精神家园"这一重大决策部署。作为多年从事基层文化工作的我们，认为农村文化礼堂建设正是新农村建设和美丽乡村建设中不可或缺的灵魂内容。只有把文化礼堂建设规划进去，才能提高美丽乡村的内涵，新农村才能真正称得上、叫得响，才能真正成为老百姓的精神家园。

二、文化礼堂的"今生"，注重村落传统文化传承

文化礼堂是实现精神富有，打造精神家园的重要载体，回想文化礼堂的"前世"，确实存在缺乏村落传统文化元素的问题。那么面对农村文化礼堂的"今生"，我们怎么办呢？笔者觉得，既要着力推进文化礼堂的基础设施建设，还要着力丰富文化礼堂的活动载体设计。文化礼堂，顾名思义，就是文化有内涵、无礼不成堂。我们要想方设法传承和发展村落传统文化。

（一）挖掘乡土文化

乡土文化是生活在特定区域内的人们独特的精神创造和审美创造，是人们乡土情感、亲和力和自豪感的凭借，具有很强的吸引力、亲和力、凝聚力和生命力。既是团结凝聚广大人民群众的重要纽带，也是永不过时的文化资源和文化资本；既是激发农民自豪感的文化源泉，也是保持农民自豪感的文化根基。金东区的国家级非

物质文化遗产——金华道情，就是原汁原味的乡土文化，已经从原来的"和风书社"走进了下范、车客、琐园等各文化礼堂，收到了良好的反响，类似的乡土文化还有金华说书和小锣书等。

（二）弘扬民俗文化

民俗文化根植农村。农村有着极其丰富的民俗文化资源，有的民俗文化甚至就"活"在广大农民的日常生活中，流行在田间地头，传承于农夫村妇之间，生生不息，代代承继。我们要通过保护与培育民俗文化，激发和培养农民的文化创造力，回归民俗文化的本体，保持农村文化的活力。比如，金东区的孝顺迎花树、澧浦大蜡烛、孝顺拉线狮子、塘雅划旱船、孝顺赛龙舟等，都是民俗文化的重要传承载体，要大力倡导。在建设文化礼堂工作中，也可以像孝顺镇让河街的省级非遗项目迎花树一样，将民俗馆建设镶嵌在文化礼堂建设之中。另外还要注重发挥民间艺人在活跃农村文化生活、传承民俗文化方面的积极作用，激发农村自身的文化活力。

（三）活跃群众文化

大力发展丰富多彩、健康向上、生动活泼、喜闻乐见、简单易行的群众文化，丰富农民的文化生活，充实农民的精神世界，扩大农民的人际交往范围，实现身心和谐与人际和谐，增强农民的幸福感。群众文化是人民群众以自身为活动主体，以娱乐方式为主要内容，以满足自身精神生活需求为目的的文化，是人们用以表达喜、怒、哀、乐等思想感情的重要手段，具有娱乐审美、宣传教育、文化传承、生活实用的功能。新农村建设要让农民过上新生活，不仅要丰富他们的物质生活，还要充实他们的精神生活，文化礼堂就是人民群众的精神家园。金东区自2007年起，就群众文化工作提出了"普及开展种文化，培育艺术新农民"的理念导向，引导激励人们向"艺术新农民"成功转型过渡，农村群众文艺骨干还要朝着"打造队伍团队型"的方向前进。

三、文化礼堂的"今生"，融入村落传统文化的内涵

文化礼堂建设的定位既然是精神家园，那么它就要承载传播现代文明、弘扬主流价值、展示村庄形象、传承村庄文化、传承先贤精神、学习身边楷模、普及实用知识、学习先进文化、促进邻里和睦、凝聚党群关系、举办重大活动、丰富文体生活等诸多功能。

金东区的农村文化礼堂建设从一开始就提出"三重三忌"原则，即重资源整合忌单打独斗，重精神内涵忌形式主义，重特色创新忌生搬硬套。整体建设以"精神回归"为重点，整合现有资源，做到借力聚力。不仅与美丽乡村建设相结合，还与居家养老建设、军民共建文化示范村建设、"大手拉小手精神共富有"宣传教育品牌建设和志愿服务建设相结合，更重要的是渗透融入村落传统文化的元素。

（一）在内容建设上，把握好共性内涵和地方特色相统一的关系

各级新农村、美丽乡村都要在固有的基础上，继续深入挖掘资源，突出地方特色，注重内容创新。通过村史村情、乡风民俗、崇德尚贤、美好家园等方面的展陈布置，来缅怀先人，启迪后人，增强村民的归属感、自豪感、凝聚力。金东区的农村文化礼堂前期四个样板村建设，就是依据各村的历史、文化、风俗、人文等特征来

分类建堂，彰显出个性魅力的。

澧浦镇下宅村文化礼堂展陈内容以"孝德文化"为主，将文化礼堂建设与居家养老服务中心进行了有机的结合，把村里的寿星、孝星、尊老爱幼、四世同堂的和睦家庭都评选出来，在孝德文化长廊"孝悌榜"中集中展现出来。

而澧浦镇长庚村文化礼堂则是与2013年新建的乡村大舞台紧密结合，设置了宽敞明亮的学堂讲堂、高端 LED显示屏、环境优美的居家养老中心、品种齐全的健身房等一流设施，以实现红色礼堂新基地为主线，积极打造新型农村文化综合体。文化礼堂成了村民们学习知识、思想交流、健身娱乐最活跃的场所，真正成了群众精神回归的红色礼堂。

孝顺镇下范村是北宋著名文学家、政治家范仲淹后裔的居住村，也是全国文明村，素有"忧乐文化"遗风。文化礼堂建设十分重视挖掘传承"志存高远，先忧后乐"的文化精神个性，展陈内容特色鲜明，有"忧乐文化"墙体壁画、范氏祠堂《岳阳楼记》字画和大弄小巷"忧乐文化"的墙画等，处处激励引导村民谨记"志存高远，先忧后乐"的文化精髓，打造范仲淹"忧乐文化"传承发展高地。

塘雅镇前蒋村文化礼堂展陈内容以"二堂七廊四星"为特色，文化长廊与"务实、守信、崇学、向善"的浙江精神巧妙结合，展出伟大浙江人共同价值观内容，如制作了"务实成就廊""守信致富廊""崇学励志廊""向善孝慈廊"等七廊，评选并展出前蒋村"孝悌之星""创业之星""崇学之星""成就之星"，引导群众向先进看齐。

（二）在功能运用上，要把握好思想教育和载体实践相统一的关系

农村文化礼堂建设一定要因地制宜，做到资源整合，整合村庄原有礼堂、书堂、祠堂等。可以在原有基础上进行改建、扩建或拆建，使之成为农村传承村落传统文化的活动场所。但一定要突出思想教育，注重礼仪活动，体现群众主体，实现"一村一品""一村一景""一村一韵""一村一境""一堂一色""一堂多能""一室多用"的农村文化建设新境界。

上述观点是关于文化礼堂在内容建设上的，外围文化长廊布置展陈的具体做法和内容，只能给人以一时的视觉体验。真正具有生命力，给人以感染力、震撼力、触动力、感召力、影响力的，还需要群众主体的亲力亲为感同身受参与其中，指导单位要突出村落传统文化，要把握好活动的思想性，要设计好显示出载体的有意义。金东区的农村文化礼堂前期四个样板村建设，就是依据各村传统文化的历史渊源特点出发，来传承推广以下四大文明礼仪活动项目的。

孝亲敬老礼：澧浦镇下宅村敬老风尚是远近闻名的，其文化礼堂活动载体的设计就紧扣这一主题，村民自编自演的节目展示的是孝亲敬老礼。在悠悠古筝配乐下，司仪引领开场："泱泱古华夏，上下五千年，百德孝为首，百善孝为先……掌声恭请，澧浦下宅，四代同堂家庭，曾祖父曾祖母，上台就座"。节目先后向人们展示了跪拜礼、敬茶礼、鞠躬礼、宣读倡议等。

七岁开蒙礼：孝顺镇下范村文化礼堂建设定位于千年忧乐文化，选择的是七岁开蒙礼。在庄重肃穆的范氏祠堂，随着"一拜恩师，感谢师恩"的口令，10名即将入学的孩童，身着汉服一字排开，向启蒙老师深深鞠了一躬。活动先后展示了正衣理冠、三拜恩师、朱砂启智、开笔启蒙、诵弟子规、赠聪明蛋等传统礼仪。

十八成人礼：十八而至，长大成人，青春逐梦，拼搏感恩。塘雅镇前蒋村文化礼堂，把寻梦融入礼堂，通过追梦来圆梦，把文化礼堂建设成为追逐梦想的家园。活动致力传承十八成人礼，其仪式过程是：奏唱国歌、宣读名单、支书致辞、父母寄语、代表感言、成人宣誓、放飞梦想。20位青年志愿者肃穆而立，面对国旗庄重宣誓，并把自己的梦想投进"逐梦箱"。

祈福迎新礼：澧浦镇长庚村喜好婺剧表演历史悠久，中华人民共和国成立前该村剧团就已声名远播，且"迎白灯"（白天板凳龙）也是该村的另一特色，所以该村就将"乡村大舞台"作为文化礼堂建设的主体，举行祈福迎新礼。仪式过程为：群舞迎新、祭天拜地、新年致辞、迎新送"福"、系红寿绳等。

上述四大礼仪活动无疑成为金东区农村文化礼堂建设的点睛之笔，它蕴含着优秀的道德价值、丰富的文化内涵、深刻的教育意义。突出了"礼为德媒，礼为堂魂"的理念。并且每个礼仪都由老百姓自己演绎，看得见，摸得着，实现了村落传统文化的活态传承，产生了良好的社会效益，不仅极大地丰富了群众的业余文化生活，增添了农村文化艺术气息，更成为农民展示艺术的平台。比如塘雅镇的前蒋村，它既是"文化礼堂"，又是"票友剧场"。固定每月十五日为戏迷们、村民们的活动日，村委会一律实行免费服务，坚持至今。村民们可以在"文化礼堂"中找回记忆、找寻历史痕迹，找到精神追求，从而真正实现物质富裕、精神富有的现代农村生活。

（本文入选《文化大视野全国群众文化、图书、博物论文集》第17卷。）

普及开展"种文化"
培育艺术新农民

——以金华市金东区为例

　　每当夜幕降临，金华市金东区的城乡休闲广场上，灯火通明，欢歌笑语，好一派热闹场景。男女老少齐上阵，群文生活乐陶陶。村民们高兴地说："这都得益于区文化馆的乡村文化俱乐部。"

　　2001年，成立8年的金东区，共辖9个乡镇、2个街道、1个开发区、506个行政村。该区是纯粹的农村区，群众文化工作基础完全可以说是立足农村。群众文化工作服务对象完全是面向农民，眼下还真谈不上可以依托接轨的学校、企业、剧团、剧院等合作单位。在群文活动的辅导、开展、合作等方面受到一定的局限和挑战，要针对参差不齐、基础不一的农民、农村开展群众文化活动，任重道远。

　　近年来，金东区委、区政府在加强新农村建设工作全覆盖的同时，还特别重视了新农村的精神文化建设工作。为使新农村建设的内涵更加厚重，不变味成单一的新村庄建设，就必须注入时尚的精神文化内容，只有立足农村，面向农民，坚持"送""种"结合，变"输血"为"造血"，转型侧重"种文化"工作，才能让群众成为文化生活的真正主体。金东区文化馆自成功地承办了金东区首届农民文化艺术节后，大家已经倍感金东人民对文化需求的高涨热情，如何正确引导，并且发展壮大属于金东自己的文体队伍呢？

4月初，金东区文化馆首先推出了机关干部排舞培训班，受到了广大机关干部的青睐，120人积极参与。4月中旬开始，排舞培训又先后走进了澧浦村、叶村、汀村、上宅村、下宅村、潭头村、东关村、横店村、岭二村、王坦村等，培训村民骨干1600名左右，受到农村群众的热烈欢迎。6月份，金东区教文体局正式成立金东区乡村文化俱乐部，俱乐部以区教文体局为领导，以文化馆为基地，以农民为培训对象，以会员加入形式为操作手段，颁发会员证，并进行造册登记，会员持凭证可以免费参加文化馆举办的各类培训、演出、比赛等活动。文化馆为农民朋友提供多项文化免费服务，就连培训期间的快餐也免费提供。两年来，金东区文化馆共为基层农村培训了近6000人次的文艺骨干。

一、在大普及中建队伍。排舞是新兴的舞蹈项目，它既可以一人单跳，更加适合万人齐跳，非常适合学习普及和推广，在金东的城乡有着很大的市场群体。文化馆就将排舞、健身操、健身舞作为大普及学习的推广项目，只要村民有积极性，就派舞蹈干部下村庄进行辅导，帮助设计制作服装，指导村落建立舞蹈健身队伍。2007年6月20日，文化馆工作人员开始下到52个村落进行健身舞辅导，培训骨干达2800左右人次，现在拥有队伍305支。在此基础上，再挑选出业务水平较高的妇女骨干，组建各自乡镇（街道）固定的排舞队和健身队27支。两年来，金东区年年组织排舞比赛，各乡镇（街道）在平时开展的系列活动中，上述队伍自然是排头兵。在2008年10月份闭幕的金华市第六届文化艺术节排舞大赛中，赤松上钱村的《十吨挖掘机》获三等奖，塘雅塘四村的《米其》、澧浦镇的《如此之好》获二等奖，塘四村《米其》还获得了最佳舞姿奖，金东区文化馆获单位组织奖。另外，金东区2008年选送东关街道健身舞队参加浙江省中老年健身舞大赛，获得表演银奖的好成绩。在大普及中，文化馆还有一项大鼓的培训。2007年12月20日—23日，文化馆先是组织了全区11个文化特色村及文化普及村的58位村民进行大鼓培训，后又分批分点下到各村进行现场指导，如今已培训发展了200多名农民鼓手，组成了固定的农民大鼓队伍13支，农民学习掌握了2种鼓点，文化馆赠送发放锣鼓260只。2008年，在美丽的施光南音乐广场，金东区第二届农民文化艺术节开幕式上，由250名农民敲打的《威风锣鼓》震耳欲聋，令观众朋友们赞叹不已。

二、在原基础上求提升。自成立金东区乡村文化俱乐部以来，文化馆每周一、三晚上，在馆内开设村民声乐、艺术舞蹈基础培训。2007年6月11日开始，文化馆针对现在农村民乐坐唱普遍，积极性高涨，但又青黄不接的特点，专门对症下药，邀请了浙江婺剧团的部分专家，分期分批对11个乡镇（街道）的民乐锣鼓坐唱班进行系统全面的培训辅导。老队伍提升了，新队伍组建了，老乐器更新了，新乐器充实了，大家的技艺水平提高了。全区拥有经常性活动的民乐锣鼓坐唱班团队18支，其中以多湖街道东盛村、东孝街道东关村最为活跃，已经走上了市场。多湖街道东盛村村民演奏的婺剧《水龙吟》，在2007年参加市第五届艺术节乡镇文艺会演比赛，首次参加就获得了二等奖；2008年选送东关社区的民乐队，参加市第六届艺术节乡镇文艺会演比赛，民乐合奏曲目《婺江春》喜获银奖。

三、在老传统中抓创新。在"送文化，种文化"活动的同时，文化馆一直进行着多方面的调研，寻访民间老艺人、发掘民间老故事、重拾民间老民俗，将各个特色村的"绝活"一一整合加工，如澧浦村的道情、东京村的迎銮驾、溪干村的划旱船，在传承的基础上不断创新。2007年8月中旬，文化馆在澧浦特色村开办了金华道情培训班，挑选了该村15名女文艺骨干参加，邀请了当年德高望重的道情传承人朱顺根做专门指导，村民半个月就学会了十多种节奏型的演奏。同时，文化馆组织创作了婺歌道情节目《喜唱金东新农村》，让她们一边训练一边排练。一个月后，该节目参加市第五届文化艺术节乡镇文艺会演比赛并取得了一等奖的好成绩。节目演遍了金东大地，村头巷尾，证明了我们金东农民、金东妇女也能上台演出，而且也能获得市艺术节的最高奖项。更可喜的是，2008年11月15日，婺歌道情《喜看金东新农村》节目，参加了中央电视台《激情广场——大家唱》栏目走进金华（金东区施光南音乐广场）的大型演出活动。除此之外，文化馆还对溪干村的民间舞《划旱船》进行了加工创新，获得2008年浙江省"群星奖"广场舞蹈铜奖。

四、在众门类中求平衡。金东区的美术、书法成绩，在省市同行中应该说有一定的影响力，而且本区的农民作者也是异常活跃。文化馆于2007年9月17日，分别在曹宅大黄村、江东雅湖村举办了书法美术培训班，活动开始只有20多人报名参加，后来学习的人越来越多，发展到了60多人。2007年金东区有美术书法骨干12人，参加市、省、国家级各类展览4次；2008年，金东区美术作者周慧阳的作品

《情趣》《风竹》先后参加全国和谐家园中国画展与全国第七届工笔画展；俞新安的书法作品荣获浙江省首届农民书法大赛三等奖。

五、在强培训中树特色。2008年6月，乡村文化俱乐部"种文化"培训活动期间声乐培训班一期共有87名农村学员，他们全部来自金东区11个乡镇（街道）的各个村庄。上钱村的学员钱良，是开着卖烤鸡烤鸭的车来的，烤鸡烤鸭就在阳光下暴晒着。横店村的黄一君和黄艳君兄妹，老父亲病危住院，他们本该侍奉床前，但他们也来了。学员施铁锋说，别的村都很认真，我们村应该"一个不能少"。卖空调的老板娘来了，卖牛肉的小夫妻来了……正因为有着极其高涨的学习积极性、热情认真的态度、敬业负责的精神，使得这些学员组成的合唱团在2008年金华市第六届文化艺术节的比赛中喜获金奖。荣誉的光环，更加激发了农民朋友的参与热情，合唱团的人数也由原来的87名扩充到了150名。11月11日，合唱团还吸引了省声乐专家组的关注，并前来现场授课指导。11月15日，合唱团和婺歌道情《喜看金东新农村》节目一起，参加了中央电视台《激情广场——大家唱》栏目走进金华（金东区施光南音乐广场）的大型演出活动，唱出了金东农民的风采与激情，亮出了金东农村积极向上的精神风貌。同年10月22日—23日，在萧山区党山镇圆满落幕的2008第二届农民"欢乐大舞台"浙江省农民通俗歌曲演唱大赛中，由金东区文化馆选送的合唱团成员——多湖街道潭头村的女歌手洪波，演唱《我家在中国》获优秀演唱奖；江东镇横店村男歌手黄一君，演唱《父亲》喜获铜奖。而后合唱团在参加金东区政府2009年的团拜会演出后，更是得到了区委领导的高度评价。

2008年，金东区文化馆又相继开展了各项培训共十五期，先后培训农民大鼓（二期）300人、腰鼓80人、快板18人、艺术舞蹈22人、健身舞2250人、民间舞35人、声乐167人、民乐36人、书画24人，受训农民达2932人。文化馆在辅导培训的同时，还积极为会员创造提供展示的平台，交流检验培训成果。比如，2008年1月，金华市"魅力村庄"的颁奖晚会，近300名演出人员全部由金东区农民组成；2月份在第二届金东区农民文化艺术节的广场表演、舞台展演、踩街活动、排舞专场、器乐专场、书画展览的板块中，艺术农民的才艺得以充分展示；10月24日晚，文化馆选送了4个节目参加金华市第六届乡镇文艺会演；组织各村文艺团队下乡送文化交流演出等活动。

目前金东区精神文化建设工作始终围绕"文化服务新农村，构建和谐大金东"的惠民宗旨，努力推行"普及开展种文化，培育艺术新农民"的理念导向，紧紧依托"乡村文化俱乐部"为运作载体，结合采用"分散（下农村）、集中（文化馆）"的培训方法，大力实施着农村文化队伍素质提升工程。通过"种文化"，有力地刺激了"秀文化""送文化""亮文化""传文化"等工作的开展，取得了一定的成绩，深受金东农民朋友的赞赏与欢迎。金东区农村已经普遍拥有了健身队、排舞队、威风锣鼓队、腰鼓队、舞蹈队、军鼓队、民乐演奏及坐唱班等。并且金东区结合非遗保护工作，挖掘创新传统民间艺术，已经形成了"一镇一村一品"的文化队伍格局，如澧浦道情、雅湖书画、曹宅军鼓、东关婺剧演奏、东叶秧歌、马头方舞龙、溪干旱船、官田銮驾、让河迎花树、孝顺拉线狮子等特色项目。普及开展"种文化",培育艺术"新农民",已经成为金东区文化建设的口号,金东区的群众文化正在遍地开花,一代新型艺术农民正在悄然崛起。

（本文节选自2010年我撰写的反映金东区种文化工作创新故事《艺术新农民是这样炼成的》。原文在省文化厅《浙江文化月刊》5月刊发。）

金华道情路在何方

——关于金华道情的保护与传承思考

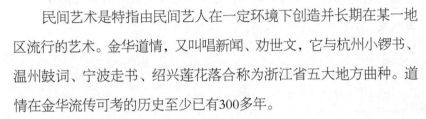

民间艺术是特指由民间艺人在一定环境下创造并长期在某一地区流行的艺术。金华道情，又叫唱新闻、劝世文，它与杭州小锣书、温州鼓词、宁波走书、绍兴莲花落合称为浙江省五大地方曲种。道情在金华流传可考的历史至少已有300多年。

一、金华道情的历史

道情源于唐代宫廷音乐，至南宋时期，民间艺人们开始制作情筒、夹板作为演唱的伴奏道具。道情到元代鼎盛，散传各地的演唱形式也各不相同，郑板桥就曾创作过散曲型《道情十首》供人演唱。道情于明末传入金华，在八婺大地生根演化并定型，流传于金华八县和衢州、丽水及赣东、闽西北一些山乡。清代初年，金华已有艺人将明崇祯三年（1630年）发生在竹马馆向家园的一桩离奇命案编成《悔亲记》传唱。至清道光至光绪年期间，金华道情较为兴旺，如金华知名艺人玉栋唱的《悔亲记》《钓鱼记》《七头记》《双珠花》《皇凉伞》等，自道光、咸丰、同治到光绪年间，久唱不衰。

从浙江省40多个曲种乃至全国数百个民间曲艺种类看，像金华道情这样在一个地区范围，有那么多以发生在当地故事为蓝本编唱的曲目，实属罕见。这些口头文学作品是金华八婺宝贵的文化遗产，从明朝至20世纪五六十年代，一直是金华民间喜闻乐见的文娱活动。金华道情是一人多角色坐唱式单档的说唱艺术。唱一段加几句说表，配上简单的动作，即"艺人一台戏，演文演武我自己"真实写照。伴奏乐器极为简单，仅一个情筒两块竹板，一个人就能把道情故事剧本中所有男女老少、忠奸好坏的角色以及他们的喜怒哀乐用唱腔和声调表达出来。道情筒和简板拍打的节奏感很强，能调节剧本故事中的场景气氛，快慢都能扣人心弦。金华道情是最受金华民众欢迎的民间曲艺形式之一。

二、金华道情的现状

金华道情在金华历史悠久，有扎实的群众基础，受群众喜欢，但现在许多民间艺人改行别就，老一辈唱道情艺人越来越少，学唱道情的年轻人越来越少，金华道情已面临失传的局面。

目前金华道情这一特色曲种尽管还有人在从事，但绝非真正意义上的传承，其前景可以说是堪忧的。2008年6月，金华道情被列入国家级非物质文化遗产，其传承人朱顺根，已过七旬，早年收徒众多，现均已改行，目前门下会演唱的有刘珠明（义乌人，早年拜师）、谢文进（早年拜师）、黄加兰（去年拜师）、曹览仙（正待拜师）四人，金东区还有钱作成（随父师承）、朱流荣、叶振中三人，后两位则师承义乌叶英盛（当然金华道情遍布金华各县市，还有义乌道情、东阳道情等）。近年来在金东区委宣传部、区文联的关心下，由区曲协牵头，结合非遗工作，在金东区的孝顺镇开办了一家专门从事曲艺（金华道情）演唱的"和风书社"茶馆，已经吸引了一批固定的观众。现在"和风书社"还扩展了活动的范围（周二、四、六在孝顺镇，周一、三、五在车客村演唱），可以说为当地的群文事业做出了一定的贡献。现在还与孝顺镇小学、曙光小学结对，批复为金华道情的传承基地。

三、金华道情的传承

孝顺镇"和风书社"成立于2007年7月10日，位于孝顺镇老街上街桥头。孝顺人对听书、听道情历来情有独钟，受教于乐、乐中明理已成他们的习惯。为了传承、弘扬地方曲艺，特别是金华道情这一民间古文化瑰宝，金东区曲艺家协会有意向创办"曲艺书场"，给民间曲艺爱好者提供一个活动和娱乐平台。在金东区政府相关部门及有关领导的关怀和积极配合下，金东区曲艺家协会与孝顺镇政府一拍即合，由孝顺镇政府主管并全额出资，由金东区曲艺家协会倾力配合承办的孝顺镇"和风书社"成功诞生。孝顺的曲艺迷们可以免费喝茶听书、听道情，孝顺镇政府在金华曲艺史上开了先河，从此孝顺有了一处传统文化和现代文明的乐园，孝顺的"孝文化"特色将在这里得到传承、传播和弘扬。

这一做法很好，一是金华道情终于有了一个固定活动场所，二是活跃了群众文化，三是确立了传承基地。笔者认为，真正做好金华道情的保护和传承工作，应该从以下几个方面入手：

（一）关心爱护从艺人员，特别是传承人

上述提到的目前还乐于从事道情工作的人员，是金东区的宝

群文漫路

266

贵资源。政府要给予关心，特别是文联、文化局、文化馆、曲协，不仅要经常组织他们参与活动，而且要经常与他们交流，掌握他们的思想动态和需求。尤其要照顾金华道情传承人朱顺根等这些传承人，要结合非遗工作中"走访慰问传承人月"活动，让他们体会到政府的关心，增强他们从艺、授业的信心。

（二）继续扶持"和风书社"，扩大其受惠人

孝顺镇人民政府从一个崭新的社会发展的视角决策，出资在孝顺古老的上街桥头创办"和风书社"，从实际出发，把曲艺演出作为公益性的文化活动，作为新农村文化建设的一个部分，作为政府部门一个文化宣传的窗口，很值得肯定。这一做法是否真正能让金华道情这一传统艺术形式传承下去呢？效果不明显。但是"和风书社"的存在，能为金华道情的传承起到推动的作用。省里有专门的经费下拨孝顺镇，再由镇政府下拨"和风书社"，能维持正常的水电、茶水、工资开支，让利于观众，服务工作做得很好。近年来活动持续进行，尽管培养的新人中真正能够传承金华道情的好苗子还没有出现，但活动在百姓中很有市场，我们要加强它、扩大它，让金华道情回归到民间百姓中去。

（三）政府出台传承计划，培养传承人

据闻，目前浙江省非遗处，正在推广宁波某区的一种做法，即传承人既然是国家承认的，并且是给予适当经费的，就要牢固树立起将自己所掌握的艺术传承给新人的理念。由文化主管部门牵头，传承人和被传承人签订传承授艺协议，经过一年或两年的

培训周期，经考核合格的，发给传承人和被传承人的务工工资，否则拒付工资，重新选择。金华区的金华道情传承人朱顺根已年过七旬，金华区应当借鉴这一传承方法。这一方法应该成为挽救金华道情这一曲种逐渐走向衰退消亡的紧急行动！

（2011年7月，本文获"浙江曲艺创新及发展"征文三等奖。）

群文漫路

两个美丽乡村思考其一

——"金东魅丽水乡十里荷花长廊"游步道沿线小景观提升
与引导业态植入的思考（多湖街道四大门篇）

一、村史简介

四大门村，由原厅上、新屋两村合并而成，恢复两村未分之前的名称。四大门村地处金义快速通道南侧，二环东路东侧，正在建设的城际轻轨也将沿村而过，交通区位优越。两村湖塘连通，河渠纵横，汇流东阳江，水资源极其丰富。自古以来，两村同祖，姓氏为盛。明朝嘉靖年间盛家人从江西迁入，耕读传家，富甲一方。家主膝下无女，育有四子，树大开花，人大分家。一者抽签到大厅，就叫厅上，二者前园，三者旧屋，四者新屋，名门望族，赫赫有名，历来就有金华四大门的盛誉。相传抗战时期，日寇多次袭扰扫荡四大门，终因水系复杂而撤兵，更有四大门村民凭借水里的"芦苇荡和青纱帐"奋勇抵抗的传奇故事。时光飞逝，前园村和旧屋村已经不复存在。1962年，原四大门分为厅上村和新屋村，2019年，又合并为新的四大门村，全村600多户1200余人。这刚好应了一句话：合久必分，分久必合，分分合合，合合分分，相亲相爱一家人。

该村依据得天独厚的地理环境优势，于2017年8月打造"金东魅力水乡，十里荷花长廊"项目，朝着 AAA旅游村方向发展，种有各

四大门村景"水上乐园"

种观赏荷、菜藕、籽莲等,是"十里荷花长廊"的重要节点村。去年,该村共接待来自全国各地近200多个党政代表团参观,接待游客3万余人次。新村成立以来,四大门村围绕"组织、阵地、制度、三资、项目、人心"六个方面做好融合发展文章。立足实际,确立定位、厘清目标任务和工作思路,并列入全区乡村振兴示范点,立志集体经济赶超"百万"村。

厅上边上还有一个叫湖墩里的自然村,据《郑氏家谱》记载,该村系明朝嘉靖(约1650年)年间,村祖郑庆十七太公,由浦江"天下第一家"的郑义门迁入。因当时自然村边上既有湖又有土墩,故取名湖墩里。

厅上村现两委班子7人、党员28名、村民代表37人,农户256户,共607人。新屋村全村耕地面积400多亩,池塘面积300多亩,山地面积200多亩,总户数192户,总人口539人,其中党员26名。两村合计约近500户1200人。

之前，两个村500余亩水面全被承包养殖珍珠蚌，水质一度很差。自"五水共治"及"清三河提水质"等活动后，干部群众的环保意识日益增强，原有养殖的珍珠蚌、温室甲鱼场全部完成退养，全域完成清淤达8万多立方米。目前两村转型以种植苗木和草莓为主。2017年7月，依托厅上、新屋、东盛、西盛、牛皮塘几个村的丰富水体资源，曲桥溪蜿蜒灵动的自然生态，村在水中，水水相连的自然禀赋和轻轨小镇，幸福画卷正在徐徐铺开，正如新屋村的牌坊上对联所云："昔日四大门赫赫有名，如今新农村代代相传。"

二、缘何思考

"金东魅丽水乡十里荷花长廊"，是以厅上新屋为主的美丽乡村，是金东区六条最美线路之一"绿廊苗海"的起点。该景点于2017年7月开始实施打造，目前两村外围游步道已经初具规模。自2018年下半年以来，前来参观学习美丽乡村、垃圾分类、美丽庭院、居家养老等工作的团队络绎不绝，两村接待工作应接不暇。可以预见，随着党的十九大"乡村振兴战略思想"的提出，2019年4月2日金东区的垃圾分类工作再次上了央视《焦点访谈》后，今年要来参观学习的团队人数只会增不会减。如何能让客人，打破原定参观半小时计划，再延长半小时？如何利用这半小时，让客人停下来、闹起来、坐下来、拍起来、唱起来、动起来、买起来、吃起来，留下来、住下来，甚至还想来、带人来？这是现阶段遇到的瓶颈，急需破解之法。我不由得萌发了对厅上新屋游步道沿线微小景观提升与引导业态植入的一些粗浅思考。

三、如何提升

一要督促工程队抓紧完成工程的扫尾工作（新屋基本完工，尤其厅上的项目进度要抓紧）；二要快速进入第二期的规划设计和招标程序（如厅上新屋二期游步道工程、东盛北延路灯栏杆工程、村级物业改造工程、科然公司荷花种植工程）；三要按照文化旅游村标配（旅游接待中心、生态停车场、生态公厕、标识标牌）抓紧到位；四要固定一条完整参观游览线路，固定标识标牌，如路引指示标牌、农家乐引导牌、采摘区指引牌；等等。

主线路要从东二环开始，建议桥、亭、公园的名字分别为：扭捏桥、静心亭、萌心亭、脉脉桥、牵手桥、怡心桥、怡心公园、邂逅桥、缘来桥、莲心公园、莲心亭、"藕遇"桥、荷花驿站、凝心亭、钟情树、恩爱亭、定情桥、曲桥溪、枫树庙（月下老人和婆婆）。

（一）如何让人停下来？

除去以上的四个"要"，还要撰写自己的导游词，培训导游做特色讲解。有了导游词的介入，可以打破原定参观半小时计划，就能拖延半小时。导游词可以按线路随机介绍，也可以按点介绍，这需要导游的随机应变，导游词可以在实践中不断地更新（初稿附后）。

（二）如何让人闹起来？

政府部门要有意识不定期地开展一些类似"浙江卫视乡村年货行"的活动，诸如目前计划要在荷花盛开季节安排的旗袍秀、相亲会活动，联系市非遗保护中心组织"非遗走进古村落和新农村"活动等。还要有一次盛大的"金东魅力水乡十里荷花长廊"的"开游"

群文漫路

仪式，来推动名声效应。在新屋枫树庙，目前已经完成了"同心锁"铁链的安装，下一步还有"连心结"安装和石桌石凳的摆放。

（三）如何让人坐下来？

一定要组织街道和村级干部沿途走线路，商议在公共区域摆放上石桌石凳，有些还需要和农户确认门口摆放位置，供游客途中的短暂休息或长时间的休憩、品茶、喝咖啡、嗑瓜子、品小吃等。譬如，盛惠良家南往北右侧好多树围起来的区域，办公楼对面一农户门口地方。目前往往是大家都有这个想法，可没有真正的做法和落地。当然，这里会有一些顾虑，那就是钱从哪里来？什么人做？让人坐下来，也并非必需石桌石凳，可以是木头、树柱、石鼓、老石条等。有条件的还可以搭一个房子，专门接待参观团队开座谈会。

（四）如何让人拍起来？

既然我们能预见人气会越来越旺，还要考虑游步道沿线要增加提升一些微小景观工程。这些工程必须是具有代表性的，能够反映、突出厅上新屋水乡特色的，要固定下来，成为供游客拍照留念的拍摄点。比如，欢迎来到"厅上人间"、愿您"藕遇"厅上、盼您"流莲忘返""魅丽水乡""莲花宝座""荷花仙子""风火轮""仙童玉女"等。也可以把"二十四节气"景观植入游步道沿线。

（五）如何让人唱起来？

目前，厅上彭古塘水域和新屋湿地公园的灯光夜景已经完工。盛学军家前面的一个农户门口的近水平台上，完全可以落实卡拉 OK的项目，配套小吃、冷饮、咖啡、品茶项目。新屋湿地公园、枫树庙边上，也可以有同样的项目。但是一定要有时间的限制，不可以扰民。这类投资应该由农户自发，而不适宜集体投入。洗衣房里最好有电视播放音乐和舞蹈节目。

（六）如何让人动起来？

从东二环进口的洋塘湖内应安置几艘花船，供游客乘坐，一路欣赏沿途风景，经桥里湖、桥外湖，到彭古塘止，沿途有四个站点换乘；彭古塘水上乐园要有不同样式的船，单骑的、双人的、多人的，满足游客的不同需求，当然安全是绝对的第一；游步道两侧，还要组织人员一起参与巡视定夺，什么地方设置跷跷板、什么地方安装秋千，还有小风车长廊、铃铛长廊、花环长廊、月季长廊等。目前能让小孩参与互动的洗衣房物件已定购了，我们还要在沿线安放沙滩遮阳伞；新屋枫树庙对面广场东侧安装"减肥桩"，供游客使用。厅上的第二座吊桥"牵手桥"，可以安装动感装置和音响，提供摇晃效果；"怡心桥"下投放观赏鱼。

（七）如何让人买起来？

积极引导鼓励农户经营特色小吃店，诸如清明果、千层糕、小馄饨、大馄饨、豆腐脑、鲜豆浆、大饼油条、葱花馒头等。农户自己开办的、自己动手制作经营的，我们也要给予适当的奖励。目前工作组联系了市非遗中心，先在新屋经销店和厅上91岁的四星美丽庭院门口设两个代销点，销售金华酥饼和传统糕点两个非遗特色产品，打出广告，先行一步。农户也都表示接受，就等着提供货源和洽谈好代销的提成了。

（八）如何让人吃起来？

买起来和吃起来其实有相似之处。之前报名农家乐的家庭，厅

群文漫路

上有9家，新屋有3家，经过上门走访，相比较之下，我觉得厅上3家，新屋1家是合理的。目前为止，厅上进村第一户盛新旦家已经收到"光头饭店"交付的押金，即将着手装修。其余沿桥里湖桥外湖水系的盛斌、盛惠良两家尚在迟疑中，当然还有新屋办公楼北侧的1家。由于"光头饭店"的进驻，实在有点儿强劲，也许会遏制其他厅上新屋农家乐的兴起。但是，我们可以允许有不同风格的存在，一家要有一家的主打。比如，目前村上唯一的一间老式的四合院房子，可以开办成主题餐厅或茶室书吧。

（九）如何让人留下来？

通过农家乐、小吃店和代销地方土特产的引导，相信农户的思想观念会有所触动和转变，我们就可以继续往旅游纪念品、义乌小商品、金华佛手产品等方面拓展，引导农户开办小商品店。争取更多的民房和场地。可以引进婚纱摄影机构、金华道情书场；可以拍一段穿越剧《邂逅姻缘》；可以搞小型灯光秀表演，还可以办大型的实景演出。村主任盛全跃的每年每场的越野车赛图片展和民安救助的一些活动，就是一项很好的资源，是厅上村的骄傲。

（十）如何让人住下来？

要鼓励引导农户往开办民宿方向考虑，政策也要给予一定倾斜。农户家里既可以住，又可以吃。要吸引单位和团体来村里活动，来农户家里住上一段时间。如吸引浙师大、金职院等高校的美术组来写生；一些培训机构来体验农家生活；夏令营机构来感受体验"跑步绿道"。开启全面服务旅游、体验旅游的良好氛围，真正让人"藕"遇厅上，流"莲"忘返，让来过的游客还想来、带人来。

附："金东魅力水乡十里荷花长廊"重要节点导游词初稿

牌楼路段："希望田野，美丽金东。"欢迎各位领导前来金东区参观考察！金东，是人民音乐家施光南的家乡，也是伟大诗人艾青的故里。这里是多湖街道，多湖街道有一句"八个多"的广告语：多姿多彩，多美多湖，多子多孙，多寿多福（可以再加上厅上新屋两个村的村史介绍，见第一节）。

广告牌前："金东美，美在多湖；多湖美，美在湖多；而湖最多的，就是数厅上新屋。"可以说是"溪流交错，湖塘密布"。有上湖、下湖、中湖、大湖、小湖、桥里湖、桥外湖、彭古塘、后舌湖等，因为湖多，所以叫多湖。本地依托水面发展了珍珠蚌养殖产业。厅上新屋两个村达500余亩，如果加上相邻的牛皮塘和东盛村，可达1000余亩，但是通过"五水共治"的工作，现在已经全部退养，水质得到了改善和提升。

沿途机动："五水共治"工作是2013年浙江省委省政府的首创，层层贯彻落实的基础性工作，即治污水、防洪水、排涝水、保供水、抓节水。我们提出的口号是"一年灭黑臭、两年净清绿、三年可游泳"。今年我们多湖街道工会就要举办机关干部的游泳比赛，不管男女、胖瘦都可以穿上泳衣参与比赛。不失为一道亮丽风景。

沿途机动：各位领导，厅上新屋的美丽乡村建设是于2017年7月正式启动的。说实话，以前我们没有美丽乡村建设，因为金华提出"发展城市群、建设大金华"，城市要向东发展，我们多湖街道是前沿阵地。厅上新屋是二环以外的，属于城乡接合部，不用拆迁，那就需要响应政府号召，实施党的十九大提出的乡村振兴战略，打造美丽乡村了。我们街道美丽乡村工作虽然起步迟，但是我们速度最快，成效最明显，全区排名第一，2018年街道也获得了全区综合先进奖励。

莲心公园、莲心亭：现在我们来到的是两个村三大公园之一的莲心公园、莲心亭。以前这里是一个又脏又臭垃圾场，曾经有钓鱼爱好者，躲在这里钓鱼，被蚊子叮得住院挂吊瓶。我们去年一户一户做工作，将这里改造成现在的公园。目前我们还安装了路灯，形成了夜景，这里成为了风景。

"藕遇"桥："上有天堂、下有苏杭"，我们浙江省会杭州，那是"天上人间"，可我们称这里是"厅上人间"，为什么非得到杭州看断桥呢？前方我们看见的，就是"厅上人间、新屋断桥"，我们故意谐音，称之为"藕遇"桥。情深深雨蒙蒙，问苍天，情为何物？心中念想的另一半在哪里？答案是肯定的，只要来厅上新屋，也许就能"藕遇"。刘半农的短小爱情诗句："天上飘着些微云，地上吹着些微风，啊！微风吹动了我的头发，教我如何不想她？"

凝心亭：我们现在的位置是在大坝上，对面是我们将实施第二期的游步道工程。经过缘来桥、莲心亭、"藕遇"桥，这亭我们称为凝心亭。让我们聚精会神许下诺言，海枯石烂、山盟海誓。路的两侧是樱花，可是你知道以前是什么吗？全是芦苇荡和青纱帐，所以流传着在抗战时期，日寇多次袭扰扫荡四大门，终因水系复杂而撤兵的故事。还有四大门人民凭借水里的"芦苇荡和青纱帐"奋勇抗敌的传奇。

新屋湿地小公园、钟情树、恩爱亭、定情桥、曲桥溪、"藕遇"厅上，情定新屋，缘定终身。这里将会是市妇联和区妇联每年相亲大会的主会场。

枫树庙（月下老人和婆婆）：过了水墨厅上，我们现在来到了名门新屋。这里有座庙，一直以来当地人都叫它枫树庙，庙虽小，却大有来历。据说很久很久以前，厅上有位美女叫枫树香，婀娜多姿，美丽动人，是位编网、采菱、打鱼高手。新屋呢，有位帅哥叫枫树根，身强力壮，心地善良，是上千亩水系的防汛巡逻修筑堤坝的河工。一个从东头，一个从西头，风里来雨里去，从未间断，久而久之暗生情愫，花前月下卿卿我我。四大门是当时的名门望族，族规家法极其严厉，双方家长认为两家门不当户不对。但是，爱情的力量是无穷的，他们冲破了世俗，两人就结合了，以天为幕，以地为席，以船为家，生活在水上芦苇荡和青纱帐，维护着一方的水系平安，他们没有后人，只有坚贞的爱情。后来，村民感谢他们守护一方水系的功劳，立庙纪念，在人们的眼中他们是神，也是月下老人和月下婆婆的化身。

美丽庭院：美丽乡村建设不是单一的，它是综合的，要通过多种手段、抓手和载体，发动群众依靠群众自觉参与，比如，环境卫生、垃圾分类、美丽庭院等工作。美丽庭院是我们多湖街道的首创，由妇女战线负责指挥协调，2017年7月开始，到12月是半年一个周期，我们的政策是评到三星级的每月奖励500元，四星级的每月奖励700元，五星级的每月奖励1000元，狠狠地刺激引导了美丽庭院的建设打造。2018年的政策有个变化，"一枝独放不是春，万紫千红春满

群文漫路

园"。我们"穿点成线，形成风光无限"。

垃圾分类：之前，金东区进行垃圾分类时采取的是"四分法"，即可回收、不可回收、有毒有害和其他垃圾，老百姓极难分辨，容易混淆。目前我们是"二分法"，即可腐烂和不可腐烂，相对容易，更接地气。结合党员联系农户，前面是党员户，后面是农户，还有二维码，一目了然。

厅上新屋交界处：美丽乡村建设永远在路上，东侧墙体的粉刷和勾线区别明显。

退养的梅花鹿农户围墙："三改一拆"的工作是浙江省委省政府的首创。何为"三改一拆"？旧住宅破旧不堪、旧厂房废弃肮脏、城中村普遍违章——拆光！打开围墙美丽共享！这个农户实心围墙已拆，而铁艺还没有到位，也许恰恰是为了配合我讲解而准备的。

"幸福生活细水长流；幸福生活芝麻开花节节高；幸福生活是靠奋斗出来的，这样的美好，我要问天再借五百年。"最早的新农村建设，仅限于外表的美丽，"实现五化和穿衣戴帽（道路硬化、树木绿化、水质洁化、环境美化、路灯亮化）"；后来升级为美丽乡村建设，不仅要外在的美，而且要内在的美，又提出了"文化礼堂"的建设，强调挖掘融入文化元素，探索文旅结合新路；党的十九大之后，再次升级，开始和美乡村建设，化美丽风景为美丽经济，美丽促进和谐，和谐就是和气，和气才能生财。

洗衣房：看前后对比照，"化腐朽为神奇"。集中洗衣，减少了池塘的污染；集中洗衣，防风防雨、冬暖夏凉；集中洗衣，再一次使村民告别了"卑躬屈膝"；集中洗衣，拉近了邻里情姐妹情。

文化礼堂：目前已经形成了新农村建设的四个标配。有一口波光粼粼的池塘，有一个香气扑鼻的老年食堂，有一个欢声笑语的文化礼堂，有一个笑声朗朗的洗衣房。

厅上党建广场：书记家的党建墙；居家养老服务照料中心开办。

沿途机动：各位领导，各位来宾，美丽乡村的建设永远在路上，它不可能一蹴而就，它需要一年接着一年干，需要汇聚各条线的光彩亮点，形成特色。来到我们金东区厅上新屋参观，到底学什么？什么可以复制？简单地说是"5432小"工程，即"五水共治""四边三化""三改一拆""两路两侧"、小集镇整治工作，都是我们浙江省委省政府的创新工作，还有赤膊墙粉刷和危旧房改造。除此之外，还有居家养老和垃圾分类，金东区委宣传部倡导的"文化礼堂""光南舞台"工作，都是经过央视报道、两会热议，得到在全国推广的工作；还有就是我们的多湖街道首创的"党建+"和"美丽庭院"。

（本文是我在多湖街道分管美丽乡村建设工作时，自己平时思考的笔记。我在该村工作激情满满，一年接待全国各地大大小小美丽乡村党政代表团队，不下200个，我担任解说工作。）

两个美丽乡村思考其二

——"金东靓丽城郊蔬果银色沙滩"游步道沿线微小景观
提升与引导业态植入的思考（多湖街道缸窑篇）

一、项目简介

"金东靓丽城郊蔬果银色沙滩"是我们金东区另外一条最美线路"蔬果香堤"的起点。风景线长约20千米，包括多湖街道渔乡孟宅、古婺缸窑、禅灵古寺（社坦头）、东龙口民俗文化园、江东江心岛、雅金古建筑、前贾古祠堂、万亩蔬果基地、沿武义江和焦岩特色民宿村。漫步武义江畔，一江清水，一条绿廊，一片桑野，蜿蜒铺展，千年古婺窑火生生不息，优秀文化传承绵绵不断，浙中水乡的秀丽景色尽收眼底。多湖街道辖区的孟龙精品线主要以孟宅、缸窑、社坛头、东龙口四个村庄的采摘游来发展经济。四个村中以"古婺缸窑"为重点，以A级文化旅游村为目标，依托"缸窑十景""百亩窑址公园""百亩银色沙滩"辐射沿线，达到"村村相连，串点成线，城郊一片，风光无限"的目的。

二、凄美传说

我萌发对"古婺缸窑"打造的想法，缘于平时走访农户倾听到的"十八窑"凄美传说。传说很久以前，从武义江沿线的江东地域至孟宅黄土山坡段，总共建有十八根专门烧制坛、罐、缸、钵、盆、瓶的民间缸窑，因为开窑必须具备五个要素，那就是地势、陶土、松枝、水源和交通。传说当年建造这"十八窑"的师傅叫鲁班师（其实他的名字已不可考，鲁班师是当年百姓对这些民间艺人的统称）。鲁班师认为当地人对他不友好，吃喝照顾不周，酬劳报酬不及时，有些反感，继而转为仇恨，临近收官之际，他其实已经在每座窑的底部都安排了一个机关，而且他精于测算，十八年后的同一时间，十八窑瞬间全部倒塌，毁于一旦。

另外一个版本是：在某天某夜的一个漆黑夜晚，天气突变，瞬间狂风大作，雷电交加，倾盆大雨，暴雨山洪，十八窑根本抵挡不住大自然的肆虐，一夜之间被摧毁倒塌。当年的人们也是防不胜防，死伤无数，武义江水位猛涨，水面上漂浮着的都是尸首。以前的武义江远比现在的要宽得多，老一辈人都说，现在的孟龙公路以南所有种植大棚的地域，以前全是武义江。当年十八窑的产品都是用竹排运往各地销售的，当年缸窑村就有"五窑四埠头，吃喝都不愁"的说法。昔日的繁荣景象已经不复存在了，留下的只有倒塌的窑址，沾满釉痕散落在漫山遍野的碎石、砖瓦、缸片，好像在诉说过去的故事。

三、缸窑十五景

（一）银杏"缸"道

目前的进村路口虽有提升，但整体气势还不够，东侧有村碑，我认为缺的气势是在西侧，更加大气的"古婺缸窑"四字没有显示。进村道路上，（导游词）"整缸列队，夹道欢迎，落地黄金（银杏），招财进宝（缸）"的导游词的特色不够鲜明；导游词应改为："出门望窑（可惜拆了），回家见缸，余粮满仓，幸福安康。"（最好要知道几口大缸）目前遗憾的是进村的道路被东侧的制砖厂和西侧的锯板厂夹攻。

（二）一"坛"和气

过了银杏"缸"道，新区的中段右侧，是由4000多只酒坛砌成的一堵墙，这里曾让陈峰齐区长驻足叫好。这里就叫一"坛"和气，意寓着我们金东区委区政府、多湖街道党工委办事处、缸窑村党支部村委会和党员干部群众上下同心，围绕建成文化旅游村的方向目标，勇往直前的信心和决心。

（三）古婺缸窑

村池塘边上，就是村口的主要景点——古婺缸窑。题字由本村乡贤原金东区书协主席何剑强书写，是一个合影拍照的绝佳地。结合"五水共治"水系激活工作，抽水到四口大缸，缸中喷水而下至缸底小潭，再流入池塘，形成循环，让游人一进村，就能感受到缸给大家带来的气势和鸿运。

在古婺缸村路口合影

（四）古松情缘（守望不老松）

缸窑古松，位于杨青（村监委主任）老房子后面的废弃窑址，很多的缸窑人对它有着很深的情结，是以前和现在外出读书、打工、走亲戚的村民回家的标志。就好像是金华人离开金华，看不见尖峰山，就要掉眼泪的情怀。这是村庄的制高点，我们要保护古松。目前这里还缺窑址的门面、围栏边上的座位还应增加几棵遮阳的松树。

（五）古樟香树（同体连心树）

在上山探访古窑遗址、瞻仰古松的必经之路上，古樟树枝繁叶茂，一见就让人进入"大树底下好乘凉"的意境中。树下的一位农户女儿叫楼娜，一心致力于民宿事业，民宿现在已经装修完毕，开放网上售房；还有一位树下农家女要申请开办烧烤场。

（六）古窑遗址

从机埠靠东，修建道路上山，可以看到左边山冈较高，种有桃树，阳春三月不失为一派绝美风光；右边山冈略低，杂草杂树丛生，全部要清理干净，包括两条山冈中间的开阔地带。这里拟建一座新窑，门口空间可以有序安排小孩子的游乐设施，或者设置特色的民间游艺项目，比如跷跷板、滑滑梯、跳方格等。也可以建立古婺窑火体验馆，并且要和社坛头的禅灵寺景区相连接，禅灵寺可以开办素食餐厅。再连接社坛头二环"日本芝樱花海"，形成联合景区。

（七）孟龙夜景

该景就是孟龙线上的门口塘一事一议项目的景观工程。建议晚上形成夜景，加大塘内喷泉效果，西侧建成公厕，南侧水岸标注"绿水青山就是金山银山"标语。

（八）古井甜泉

该古井位于村东主道上，门口塘靠北200米处，需要拆房绕道，再予加固修缮。据考证，古井已有600多年历史，井深30米。井水冬暖夏凉，在井边空地开辟出休息走廊，供大家洗漱和嬉戏。

（九）夏禹古庙

古庙位于孟龙线上，自2017年拆除后，已经全部统一更新，继续鼓励农户门前摆上坛坛罐罐，摆缸种花，形成缸窑村的美丽庭院一大特色；打开古庙围墙，展现把门金刚的威武和夏禹老爷的真容。

（十）古墙缸片

该地目前村里尚存的唯一的缸板墙体建筑群，应该给予修旧如旧。建筑群里面安排农耕文化的展示，或者安排从"十八窑"遗址中，附近各村村民挖出来的器具展示，或者建立手工陶艺互动的作坊。要么是展示厅，要么就是作坊厅。关于作坊厅，缸窑村就有这方面的年轻专家，就是目前在艾青中学创办的"艺境"陶艺体验馆的董志存，是村上的年轻党员。还有就是可以联系目前多湖小学的陶艺班形成村校合作，老师、学生、家长一起互动起来（更能为采摘体验提供客源）。

（十一）古风墙画

以缸窑的制作技艺流程图解上墙，让游客绕村一周，有观赏有思考，并且有一幅特大的"十八窑"全景图，结合"十八窑"的凄美传说，有"清明上河图"的逼真效果。侧面更有3D彩绘，分别是"缸底世界""遥（窑）想（象）未来""司马光砸缸"等。

（十二）古川清潭

垄上淲水系缸窑的小川塘，结合了生态洗衣房和全村的污水处理终端，是"五水共治"工作的整治成果展示区域。加上小片林和石桌石凳，形成的一道独特风景。

（十三）董宅小公园

缸窑村一直有"先有董宅，后有缸窑"之说，而且目前缸窑村对面就是一座土砖窑。百年河西，百年河东，缸窑的窑文化生生不息，精神不死。以后我们的导游也可以这样来解说："出门通天窑，回家不老松。无私天地宽，万事好成功！""废弃窑址一棵松，咬定陶土不放松。古婺窑火代代传，任尔东南西北风。"我们缸窑村的口号就是要"发扬缸（钢）精神，传承窑文化"。这棵宝贝松树北面两口塘，完全可以深挖，继续打造"乾坤日月潭"。

（十四）银色大沙滩（蔬果采摘区）

目前缸窑村通向大棚蔬菜种植的田畈，共计五条水泥路，每条路上都可以设置一项采摘项目。比如"江景观光区""草莓采摘区""桑椹采摘区""蔬果采摘区""垂钓体验区"等。带动乡土农产品的销售，譬如地瓜粉、地瓜面（邻近的孟宅是加工村）、麻糍、油煎粿等时令小吃，更能带动孟宅牛杂面、王宅黄鳝面的火爆生意，甚至缸窑村、社坦头村农家乐的兴起。以徐健康土鸡养殖场为中心（鸡场和周边的三家养猪场将面临关停），还可以拓展设置武义江漂流、捉泥鳅、金厦垂钓和沙滩玩耍区。

（本文是我在多湖街道分管美丽乡村建设工作时，自己平时思考的笔记。）

作者（左一）带领缸窑村党员突击队一起劳动

浅谈新农村建设题材小戏
创作误区与突破

群文漫路

新农村建设题材的小戏创作是新农村文化建设的重要内容，它深受农民喜爱。它吸引农民的热情参与，与农民有着难以割舍的情结，在农村有着广袤的演出市场。然而当前新农村建设题材小戏的创作生产还存在着诸多的误区。

误区一：

何为新？笔者认为，新农村建设题材小戏创作首先要突出一个关键字"新"，无新就不能立意。有些作者（包括本人），往往一动笔就会落入俗套，步前人后尘，反映的主题事件无非是农村普遍存在的婆媳相处不和、兄弟反目成仇、邻里打架纠纷、村民聚众赌博、崇尚封建迷信等毫无新意可言之事。所谓新，就是作者要善于发现新农村的新观念、新思维、新模式、新冲突等富有精神内涵的实质，把具有现代生活气息的元素巧妙地融入我们的小戏作品中，如大学生返乡艰苦创业、单亲家庭重组奔小康、新老"村官"竞选冲突、农村拆迁保地风波，等等，而又不能太注重新农村的新面貌、新气象等，以表象来反映新农村。表象人们随处可见，拥有内涵实质的作品才能留给人更多的思考与共鸣，这样的小戏作品才富有新意和生命力。

误区二：

何为小？如同上述，我们也要抓住一个关键字"小"，所谓"戏剧小天地，人生大舞台"，说的就是这个理。新农村建设题材小戏创作切忌包罗万象、面面俱到，"眉毛胡子一把抓"，如此一来反而会使作者反映的意图不清晰不明确。我们要学会舍，学会丢弃有时自己觉得很好的经典的语句和案例，一定要"以小见大"，即小戏创作的切入点要小，做到新、奇、巧。比如，以找鸡为名考验村主任清廉的央视小品《村官李仁义》、县长暗访渡口为民造桥的绍兴地方小戏《摆渡》等。我们要关注农村在走向现代化、市场化、法治化进程中的农民命运、情绪心理和农村前所未有的历史变化，要克服过去写农村题材的弊病，发现农村生活的新亮点、突出点，努力塑造好转型时期的农村变化和农民形象。

误区三：

何人写？"何为新""何为小"，笔者认为是新农村建设题材小戏创作生产中的技术问题，而"何人写"则是小戏创作根本。现在从事小戏创作的作者已是寥寥无几、屈指可数了，例如，金华地区就正处这样的窘境。笔者是20世纪70年代出生的人，孩提时候曾似懂非懂地看过风靡一时的农村现代小戏《半篮花生》和《追报表》等，当年的盛况记忆犹新。笔者很想看看原始的文字脚本，可惜已经无处可寻，金华市艺术研究所的已故剧作家谭德伟就是写小戏的高手、专家，业内人士都普遍认为目前还无人能够超越他，可惜已无传人。原婺城区文化馆退休的章竹林老师，是创作曲艺类作品的"草根"作家，他涉及创作的小戏作品也不多，小戏毕竟不是他的强项，所以说目前新农村建设题材小戏创作生产已青黄不接、后继乏人了。再说，小戏的创作绝对又比曲艺类作品的创作要难，它需要作者平时有丰富的生活积累、敏锐的洞察能力、综合的艺术修养，对作词、作曲、舞台调度等都要略知一二，简直不亚于一个导演的知识储备，如此人才现在已经是凤毛麟角，急需培养。

误区四：

为何写？目前我们新农村建设题材小戏创作的动机基本是编排一些应急宣传品，完成系列宣传任务而已，失去了赖以生存的市场。整个创作生产毫无主动可言，创作思路也都是配合政策的宣传，遵循政策的思路，回避社会的矛盾和现实，情节主干甚至都如出一辙，创作过程变成了公式化的演绎"克隆"，导致作品艺术魅力的丢失，很难引起观众共鸣。那些缺乏现实基础的作品，根本无法满足观众的欣赏诉求。再加上现在小戏不景气的市场大环境，给现代新农村建设题材小戏的创作和发展带来了巨大的冲击。

误区五：

何处演？现在很多会小戏创作、演出的人才都跳槽转行了。多年来，笔者总想，新农村为什么不演新戏，不排练新的现代小戏？小戏目前确实还不能保证三天四夜或四天五夜的连续演出，为什么不可以作为插曲来演？如果有某个剧团能够演出十个经典的新农村建设题材的现代小戏的话，那么它带来的社会效益和经济效益是不可估量的，它不仅是新农村建设题材小戏普及的宣传行动，也将会成为我们创作领域打磨作品的工厂和成功展示作品的平台。去年笔者创作的现代小戏《母陪女嫁》，落实给金东区的民营剧团排练。后来，作者跟随剧团去兰溪、武义、东阳观摩，考察群众反映，边排演边修改，最终作品获得浙江省征文二等奖，金华市演出二等奖，演出该小戏的义乌婺剧促进会还获得了省婺剧促进会颁发的演出金奖。义乌婺剧促进会每到一处演出，都受到百姓欢迎。由此可见，市场对于小戏需求不是没有，老百姓不是不喜欢现代新农村建设题材小戏，老百姓其实喜欢得很！小戏的创作生产目前就有如企业产品，是"没有产也没有销"，笔者认为，社会应积极培育农村小戏的演出市场，真正让新农村建设题材的小戏回归农村！

笔者从事群文组织管理工作多年，也算是一名业余作者，针对上述新农村建设题材小戏创作中发现到的一些误区，笔者认为可以从以下几个方面去突破提高。

一、要切实加强小戏创作队伍的建设。平时会创作的作者尽管各自知根知底，但是平常聚会的时间很少，多数情况是有任务由部门召集开会才会碰到几次，自发沟通的时间很少。作者犹如散兵游勇，各自为政，创作思路受限。笔者认为首先要发挥出文化局、文化馆、戏曲（曲艺）协会的优势来，由政府组织引导参与管理，会收到完全不同的效果；其次要能给予经费、场地上的支持。有经费，他们可以适当地安排日常聚会所需的开支。有场地，他们可以经常聚会，交流创作心得，很多金点子，往往都来自平时的交流，不经意间也许会碰撞出小戏创作的火花；同时聚会不能仅限于会创作的作者，还要吸引器乐的、前台演员的加盟，只有这样在一起打磨，才能有更好的创作氛围，才能产出更好的作品，也就可以缓解"何人写"的困境。

二、要高度重视小戏创作方向的引导。小戏作者要经常深入新农村，以新农村为阵地，关注农民的生存方式、生活状态，用更新的手法、视角和表现形式，来刻画发生翻天覆地变化的新农村，以及以新农村为主体的社会现实，展示乡土乡情中人性的大美大爱。如近几年来金华市文联，每年会带领业余作者深入基层外出采风，布置创作任务，组织评奖活动，邀请专家上课等，这样的活动很好。但笔者认为还需要进一步加强深化，尤其是组织小戏作者培训。要进行规范、系统的学习培训，对成功的范本进行剖析，利用"半成品"进行研讨加工，或以同样的主题命题作者创作，再比较之，从不同角度、不同思路剖析作品又各自好在哪、弱在哪。这样的培训具有更大的收益。或者直接召开"点石成金"会，就是业余作者直接谈点子，大家开动脑筋，探讨有无深挖潜力、有无继续往下写的好思路，也就是大家来讨论该点子到底是否新、奇、巧（何以新），能不能以小见大（何以小）。避免作者走弯路，浪费时间。

三、要大力培育农村现代小戏的演出市场。一方水土孕育一方戏剧，我们金华以婺剧为荣。专业剧团以浙江婺剧团为最，其他多为民营剧团，有70余家，但是真正会演出现代小戏的只有浙江婺剧团，而它能演出的小戏剧目数量不多，不超出9个剧目。所有的剧团几乎年年下乡演出的都是老戏重演，观众也以老年人为主，所以笔者极力呼吁要大力支持农村现代小戏的演出。去年金华市举办的首届新农村建设题材的小戏（曲艺）调演，对新农村建设题材的文艺作品创作起到了很好的推动支持作用。虽然活动处于探索阶段，但毕竟迈出了尝试性的步伐。如果各地都能树立起一面演出新农村建设题材小戏的"剧团"旗帜来，这无疑会为小戏的"产、供、销"注入巨大的活力和无限的生机。一出好戏，必须有人写、有团演、有地演，如此循环，也就解决了"何处演"的问题，更能从根源上走出新农村建设题材小戏的创作生产中的系列误区。

总之，加强社会主义新农村文化建设，离不开新农村建设题材小戏创作提供精神动力和智力支持。新农村建设题材小戏贴近生活，形式活泼，短小精悍，普及面广，老百姓乐于接受，有很大的潜在市场。它需要政府文化主管部门积极协调和引导。"产、供、销"问题得到有效缓解，新农村建设题材小戏必将成为社会主义新农村文化建设的有效载体，成为新农村文化建设的生力军。

（2010年8月12日完稿，本文入选《文化大视野》全国群众文化、图书、博物论文集第16卷。）

《八仙赐福》排练剧照

作者在"两山"理论发祥地浙江安吉余村学习考察

07

应时应景小片段

2023年3月31日，金华市曲艺家协会新一届主席团合影（左数第五位为作者）

金都美地"四字经"

阳光明媚	春暖大地	安居乐业	金都美地
多湖街道	拆建有序	为民解忧	脚踏实地
二零一六	抽签选房	二零一七	党委成立
组织引领	清风正气	绿城物管	服务给力
金都美地	花园绿地	一年四季	盎然春意
家家户户	和谐靓丽	左邻右舍	客客气气
金都美地	花红柳绿	环境幽雅	宽敞大气
全体居民	称心满意	里里外外	一派喜气
金都美地	幸福美丽	上接天界	下接地气
男女老少	慈爱淘气	尤其青年	春风得意
金都美地	一团和气	楼上楼下	和谐关系
互帮互助	感天动地	卫生噪声	维护得力
金都美地	欢天喜地	百姓生活	日新月异
隔壁邻居	重情重义	奉公守法	遵规守纪
金都美地	冲天牛气	信心满满	神采奕奕
北有万达	购物天地	南有医院	保患就医
金都美地	齐心协力	车辆停放	规范有序
全力打造	最美社区	个个精神	人人福气

（本文完稿于2018年，恰好金华要创建全国文明城市。《金都美地"四字经"》和我创编的《社区居民公约》被一起悬挂宣传。）

校园安全"三字经"

小学生	明事理	讲文明	树正气	尊师长	重礼仪
同学间	相处密	互助人	乐无比	勤学习	比成绩
爱钻研	破难题	校内外	谨牢记	安全弦	不麻痹
校园里	遵校纪	教室内	守规矩	操场上	严自律
上下楼	不拥挤	不滑竿	不滑梯	靠右边	按秩序
体育课	不嬉戏	排队伍	列整齐	听指挥	是第一
劳动课	争积极	避免干	重体力	电源线	尽回避
大扫除	擦玻璃	窗台边	莫站立	劳动好	享乐趣
手工课	学技艺	剪锤刀	很锋利	常留心	多警惕
吃东西	讲科学	多吃蔬	少油腻	贪零食	要摒弃
过期食	特留意	讲卫生	手勤洗	成习惯	利身体
游戏厅	不沉溺	网吧厅	要远离	求远大	树品行
上下学	要注意	过马路	看仔细	绿灯行	红灯停
交通规	记心底	人行道	斑马线	安全感	伴随您
在家中	孝父母	防火烛	防盗窃	出门去	要牢记
说清楚	活动地	遇坏人	找警察	一一零	显威力
节假期	不顽皮	小朋友	在一起	知谦让	做游戏
不拿棍	当武器	夏天到	热浪袭	水清凉	够爽意
切要知	不能去	大池塘	危险地	永铭记	

（2009年6月17日）

学习培训"四字经"

浙艺学院，　两周相连，　全省群文，　干部充电，　戏剧曲艺，　即将垂帘①。
全体学员，　思绪万千，　收益颇丰，　感慨心弦。　且听本人，　一一道言：
领导重视，　鼓舞心田。　开课当日，　坐镇前沿，　处长上课，　厅长动员，
高等学府，　可见斑别。　此等培训，　形式可鉴，　基层站馆，　拍手连连；
课程面广，　面面俱到，　时间充裕，　实用空前；　授课之师，　层次顶点，
专家教授，　拨拨相连②，　更有甚者，　空运请柬；　晚间观摩，　大开视野，
西湖观光，　宋城怀古，　精彩演出，　忘返流连；　百花越剧，　越剧百年，
美轮美奂，　不愧经典；　该次学习，　总体而言，　规格之高，　师资之强，
学风之好，　内容之多，　时间之长，　受训之广，　考虑之周，　生活之细，
实乃堪称，　史例超前。　思量细想，　亦有疵点，　权当建议，　容我妄言，
有则改之，　无则加勉。　首要问题，　定当执严，　学员师长，　理应有别；
宽容互动，　穿插其间，　授课传教，　过于谦虚；　来与不来，　抽时点验，
迟到早退，　好似菜园，　流于形式，　总觉不检；　戏曲曲艺，　最好分科，
尽管艺术，　相通相连，　共性相存，　总有褒贬。　基层一线，　注重实践，
如若能够，　集思广益，　汇聚各地，　节目经典，　汇编成册，　互补修剪，

---

①即将垂帘：即将结束。

②拨拨相连：指专家教授一个接一个来上课。

推敲斟酌，你仿我学，更趋完美，喜不自言，仿效推广，共享资源。
也有导师，轻描淡写，侧重理论，实用偏浅。回首品味，课时重点，
仁康主席，幽默诙谐；布伟导师，赞声一片；学增"大腕"，意犹未尽。
临阵换课，顿感不廉，虚度耗时，多则清闲。工作坊间，倍感新鲜，
开设小灶，受益匪浅，举手投足，精心指点；戏系导师，耗尽心血，
雏品成形，汇报表演，惟妙惟肖，大师级别。短短数日，学满终结，
绞尽脑汁，四字感言，妄自信口，与您共勉，如有不妥，批评指点！
最后呼吁，同行同学，大好形势，共迎春天，鼓足干劲，携手并肩，
群文征途，勇往直前！

（2008年，我刚刚到金东区文化馆工作，没过几日，就去参加省里的戏剧、曲艺干部培训。经过半个月的学习我感触很深，课堂上即兴创作，分享给全省同行，大家都觉得还挺不错。）

社区居民公约

古婺金华多美丽　　居民公约需谨记
遵纪守法讲诚信　　见义勇为树正气
尊老爱幼好传统　　扶弱助残我传递
家庭和睦万事兴　　邻里融洽共和气
讲究卫生除四害　　环境也是生产力
门前承诺是"五包"　果皮烟蒂不丢弃
宠物饲养要办证　　放圈遛养不随意
楼道杂物不堆放　　上楼下楼保便利
城市垃圾要分类　　家家户户齐参与
待人接客讲友善　　热情热心好脾气
文明经营不占道　　车辆停放有秩序
乱贴乱挂不可取　　乱拉乱接要取缔
反对迷信崇科学　　婚丧从简转风气
文体活动天天乐　　身心健康两受益
"三改一拆"我支持　违章搭建我唾弃
"两山"理念我践行　"五水共治"我出力
用火用电需谨慎　　群防群治要警惕
出行礼让是美德　　文明金华最信义

（2018年，我在临海疗休养，时任多湖街道办童作勇书记来电要我连夜创作。本文后在各社区、小区楼道口，上墙宣传。）

"四风"整治六项禁令歌

(一)

公务人员个个要记清，　反对"四风"，执行禁令：

第一形式主义不可取，　实事求是方能得民心；

第二反对官僚主义，　群众爱戴百姓受欢迎；

第三享乐思想需丢弃，　一身正气守得住清贫；

第四狠刹奢靡坏风气，　勤俭节约永葆先进性。

反对"四风"我们要记牢，　六项禁令更加要执行。

(二)

第一严禁公款来送礼，　精简会议相互不宴请；

第二严禁赠送土特产，　严于律己心里明如镜；

第三严禁收受礼金券，　公事公办上下不欠情；

第四严禁浪费讲排场，　损公肥私立即应叫停；

第五严禁超标搞接待，　公款消费祸国又殃民；

第六严禁聚众去赌博，　防微杜渐认识危害性。

(三)

反对"四风"人人要自觉，　互相监督执政为人民，

群众利益件件无小事，　深入群众永续鱼水情；

六项禁令条条要记清，　党员干部时刻要警醒；

人民生活幸福永相随，　和谐中国富强又太平！

（本文根据"四风"整治六项禁令改编。）

多湖街道基层干部行为规范

群文漫路

（政治规矩）

爱国拥党念家乡，政治坚定明方向，

服从上级步调齐，绝对忠诚勇担当。

（人民利益）

百姓疾苦心常装，一方有难大家帮，

群众利益无小事，服务宗旨刻胸膛。

（集体观念）

集体利益立首端，大局观念意识强，

阳奉阴违不可取，公私分明坦荡荡。

（团结协作）

一道篱笆三个桩，一个好汉三个帮，

两委团结如一人，干群关系铁如钢。

（言行规矩）

干部言行重如山，以身作则树典范，

表里如一讲规矩，反腐拒变永不贪。

（坐班制度）

村居干部要坐班，开门办公热心肠，

矛盾化解不出村，温馨和谐正气扬。

（创业承诺）

创业承诺军令状，言行必果正能量，

村官甘为民做主，作风建设在路上。

（联系群众）

鱼儿，离不开水，瓜儿，离不开秧，

联系群众传帮带，致富路上风帆扬。

（敢于碰硬）

村居干部不畏难，越难越要勇于攀，

该出手时就出手，勇往直前不服软。

（精神文明）

带头引领新风尚，婚丧嫁娶不铺张，

艰苦朴素勤廉俭，无私奉献为村庄。

（时任多湖街道办童作勇书记要我创编。本文于2017年4月25日晚，我在协助牛皮塘村干部换届工作时完稿。）

为多湖街道新屋村牌坊建议的对联

正面一：

上联：昔日王村四大门赫赫有名

下联：如今新屋文明村代代相传

上联：迎四面八方高朋

下联：来五湖四海贵客

正面二：

上联：迎四面八方高朋欢天喜地

下联：来五湖四海贵客兴高采烈

上联：昔日王村四大门

下联：如今新屋文明村

背面一：

上联：好山好水好人好客好家园

下联：新年新岁新屋新楼新农村

上联：送十里八乡亲友

下联：往九州六合嘉宾

背面二：

上联：送十里八乡亲友天涯守望

下联：往九州六合嘉宾浊酒尽欢

上联：一帆风顺迎紫气

下联：一路顺风戴吉星

村域巡逻十劝歌

群文漫路

一劝纸屑果壳不落地，
二劝垃圾分类分仔细，
三劝花坛地面无烟蒂，
四劝衣服晾晒不随意，
五劝车辆停放要有序，
六劝私拉乱接要取缔，
七劝流浪宠物要圈系，
八劝保洁厕所无臭气，
九劝饭店门口无油迹，
十劝背街小巷特注意。

楼道劝导十字诀

楼道下面无堆放，

保证通道灯要亮。

墙上没有牛皮癣，

玻璃破损要补上。

消防配备灭火器，

检查记录有登记。

清爽楼道要开门，

不爽楼道要关闭。

点位服务不扎堆，

不玩手机不集聚。

孝亲敬老礼

朋友们，泱泱古华夏，上下五千年，百德孝为首，百善孝为先。孝亲敬老，乃我中华民族，优良传统；亦是我辈，为人处世，立身之本。中华民族，孝道文化，历史悠久，渊远流长，古往今来，备受推崇。今天，我们相聚源东东叶，下面将要举行家庭礼仪——孝亲敬老仪式，非常感谢来宾朋友莅临指导！

一、恭请长辈

朋友们，下面让我们用掌声恭请：源东东叶五代同堂家庭的百岁老人太祖母沈招娣（104岁），上台就座！（由父辈扶老人上台就座）（配歌曲《孝亲敬老歌》）恭祝百岁老人、身体安康、笑口常开！

二、司仪独白

（入座，古筝伴奏司仪独白）朋友们！大千世界，芸芸众生，世纪轮回，周而复始。立身行道，扬名后世，以显父母，孝之道也；始于事亲，中于事君，终于立身，孝之终也。

三、行叩拜礼

下面有请，曾祖父辈向长辈行——叩——拜——礼！

——跪！

——一谢父母，生育恩，一叩首！

——二谢父母，养育恩，二叩首！

——三谢父母，教育恩，三叩首！

礼毕，起身！

（俩媳妇给二老揉肩，俩儿子给二老削苹果）

四、行敬茶礼

下面有请，祖父辈向长辈行——敬——茶——礼！

先请鞠躬！（八人一字排开，听到"先请鞠躬"口令时弯腰90°鞠躬，并说"爷爷、奶奶，好！"）

礼毕，起身！

再请长孙、长孙媳——敬茶！

（长孙、长孙媳净手敬茶：爷爷奶奶请喝茶！）

五、行鞠躬礼

下面有请，晚辈向长辈行——鞠——躬——礼！

请鞠躬！

（四人一齐上台，听到司仪喊"请鞠躬"时，则弯腰90°鞠躬，并说"太公太婆！好！"）

礼毕，起身！（以下为晚辈向长辈献礼、献艺环节）

同族同宗，四代同堂，儿孙满堂，其乐融融。

六、代表倡议

下面有请，家庭代表宣读家庭礼仪之孝亲敬老十大要求：

1. 听从长辈的教诲。理解长辈、体谅长辈，对长辈要和颜悦色。

2. 不让长辈为自己的行为担忧。

3. 进长辈房间先敲门，经允许后方可进入。

4. 不应随意翻动长辈的私人物品。

5. 对长辈主动关心问候。

6. 见长辈要主动鞠躬问好。

7. 关心长辈的起居和健康。

8. 牢记长辈的生日。

9. 与长辈相处要有耐心。

10. 孝顺体贴老人，不仅要做有益于父母、家庭的事，还要做一个有益于国家和民族的人。

七、仪式合影

（配《孝亲敬老歌》）朋友们！父兮生我，母兮鞠我，人生于世，源于父母。给予生命，教会技能，辛勤养育，理当回报。父爱伟大，母爱无疆，最亲天下父母亲，最美天下父母心。身为儿女，同为父母，让我们：常回家看看，多关心父母！孝亲敬老，人之根本，孝亲敬老，天经地义！

八、领导慰问

下面有请，金东区委常委、宣传部部长羊代平女士上台慰问百岁老人……

朋友们，明天就是九九重阳节了，九九重阳节是我们国家的老人节。孝亲敬老，是我们中华民族五千年来，世代传承的优良传统。接下来，我们将集体慰问村上24位80岁以上老人！衷心祝愿列位老人，福如东海，寿比南山！

群文漫路

［2015年金东区狠抓农村文化礼堂建设，《孝亲敬老礼》就是在这样的背景下创编的。我始终觉得无"礼"不成堂，无"礼"就更谈不上"精神家园"。活动先在澧浦下宅村文化礼堂推出，后在多湖街道潭头村复盘，还在源东东叶村文化礼堂（外场）上演，最终以本文为固定流程版本。］

禁限燃值班有感

群文漫路

（一）

清明时节雨纷纷，

儿孙踏青去上坟。

礼义廉耻首为孝，

寄托哀思念亲人。

响应号召禁限燃，

绿水青山留子孙。

（二）

清明时节雨纷纷，

地里禾苗湿透身。

雨露滋润根须壮，

苗户果农庆收成。

人人点赞及时雨，

万民欢呼颂党恩。

（2018年4月4日，清明节禁限燃。我在多湖公墓值班之际有感而作。）

后 记

群文漫路

　　孩提时的我，就是村上同龄人中的"山大王"，淘气捣蛋甚至叛逆，喜好模仿。当时，观看农村剧团演戏和本村厅堂里唯一的投影电视是我们的最爱，看了就急着模仿。村道边的空基充舞台，昏暗的路灯便是灯光，泥房墙壁为背景，两处墙角即为"出将""入相"，凹凸不平的四尺凳当公案，灰砖算是惊堂木，同龄的孩子们则是喽啰兵，我自然拜大帅"穆桂英"，"升堂！带，杨宗保！"随手一拍，"惊堂木"碎了，但我们依然起劲，投入得很！记得有次在村上最热闹的代销店门口"演出"，还真吸引了不少大人前来围观，代销店的老板娘（就是戴建忠的妈妈）还专门发我们每人一块薄荷糖哩！

壹

与曲艺结缘，是偶然也是必然。上学后，我对曲艺有了一知半解，看电视似懂非懂。战争内容的故事片往往放得都很迟，我们就在村厅堂里爬老戏台、玩捉迷藏，尽情玩耍，再冷的冬天都能玩出一身汗。那天我累了，找了块冰冷的石头垫屁股，认真地看起电视来。我被电视里那两个穿长衫的人，你一言我一语、你一逗我一捧给逗乐了，那个场景至今依然深深地烙在我的脑海里。当时我就想，要是电视里的演员是我，那该多好呀！从那时起，我就喜欢上了这种艺术形式，注重收听故事、笑话类的语言段子，老是看这类的电视节目。更有一次，村上代销店来了个唱道情的盲人老头，我就疯了一样地追赶着，一听就入迷，居然全部记住了他唱的道情《王老四》的台词，成为小时候炫耀的资本。后来我和爷爷牵着他，去离家7.5千米的龙游湖镇。家中长辈告诉我，他其实是我的表舅舅，是横山头村的"竹太"师傅。

小时候，我们总喜欢端着碗外出串门吃饭。记得那次串到堂哥戴东和家，又一次被电视里的一个光头讲书人讲的故事吸引了（那时我家还买不起电视机呢），笑得我是前俯后仰，哪里还顾得上吃饭，幸好，没把碗打破。我听一遍又记住了《猴王吃西瓜》的故事。高中时期，我在学校已经是曲艺活跃分子，参加了学校演讲口才兴趣小组。金根福老师讲了一个《爷爷和孙子》的故事，其结构的巧妙，幽默的语言，又一次深深震撼了我。我想，为什么我不可以呢？

打小这不正规的模仿"演出"，使我有了很大的成就感，我开始崇拜群文，追求文艺。在学校，我省吃俭用，除了订阅《演讲与口才》外，还订阅了《曲艺》杂志，一直坚持到现在，从未间断，书籍对我的帮助极大。在校期间，我开始尝试自编自演，有了校领导的支持及资料的提供，我的第一篇作品《可爱的学校》完稿了，在校反响极大。我试着把稿子投到县文化馆章竹林老师处，没过几天，章老师（连任八届金华市曲艺家协会主席）亲自来校找我了，在语文老师的寝室里，章老师语重心长地鼓励我，耐心细致地指点我，再度修改后，作品在县级的《婺江文艺》刊物上发表了。

高中毕业，高考落榜，我心灰意冷，随年长的老乡（邻村的张清生）到了杭州轻工纸箱厂打工，蹬了五个月的三轮车。第一次离开家乡这么远，当时打工的钱仅够自己吃饱饭，但我绝不吝啬买高价票看歌舞团演出、看马戏等与文艺相关的活动。我当时打工跟班的师傅是萧山人，我还学会了一口流利的杭州话。1988年春节，我回到老家，又得知我有一位同学（高中同学龚晓琴）在我村小学代课，一来二去又得知另外一位代课老师要离岗，有意叫我去顶岗。嘿！三月份，我摇身一变，居然成为一名小学教员，而且一干就是四年。

我又一次见到章竹林老师，是在他作为县级"拔尖人才"的曲艺创作交流会上。台下的我听得如痴如醉，完全可以说由此与曲艺结下不解之缘。特别是后来调入乡中心小学（寺平村）任教的三年，我真正接触了群众文化，这也为我走上农村群众文化工作的道路奠定了基础。

四年的代课生涯，让我频频接触校园文化，每年的文艺会演我都积极参加，或表演节目，或主持节目。我曾获得全区教师节目一等奖，是学校老师学生心目中的偶像。我在乡中心小学（寺平村）任教期间，该村的团委书记（戴维平）与我相见恨晚，我们立马组织了部分爱好文艺的青年，成立了"共青团中戴乡文艺演出队"，筹钱买音响、排练节目、统一服装、联系场地，等等，忙得是团团转，不亦乐乎！全年演出不下百余场，农村对文化的需求太大了，记得我们到村演出是卖票的，两毛钱一张票，每次都收入百元及以上，即观众可达500多人。如果碰到有的村不想让我们演，我就央求村干部开启广播先唱方言顺口溜，吸引老百姓自己来要求我们演出。演出队影响越来越大，团县委书记（傅水林）来了，县里的活动和我们联办了；厂矿企业家找上门了，他们亲自观看我们的演出。团县委书记还专门为我们写了通讯报道《文艺战线上的轻骑兵》，在《金华日报》上发表。

1992年，我从寺平乡校调去离家4千米的曹界任教。某天，曹界村戏场的张文丽（也是代课老师）告知我，金华县文化局要招聘8名文化干部。我第二天就急忙前去乡文化站（站长程明芝）、区文化站（站长李建青）报名了，又从程明芝处借阅了《群众文化概论》一书，疯狂地学习、背诵，经过笔试、面试等环节，我被录取了。1992年8月，我被分配到蒋堂镇文化站工作，当时雄心勃勃，跃跃欲试，以为这下终于可以大胆地放开手脚，真正从事自己喜欢的群文工作了，真正去组织、协调、指导群众文化了。其实不然，报到后，我又被蒋堂镇政府分配到下面的泽口管理处（原来是乡政府，那年刚好撤扩并）工作，根本就没有自己的文化站舍等其他任何办公及开展活动的条件。除此之外，我还要联系一个村，配合做好相关的政府中心工作，诸如处理违章建房、计划生育等事务。文化站业务上由文化局领导，行政上隶属当地政府，接受着双重的领导，在一定的程度上，群众文化工作受到限制。1995年，事业单位工作人员可以经商，兴办实体。我就去经营卡拉OK厅，也算是专门从事群众文化活动吧，但好景不长，一年后卡拉OK厅就关门大吉了，我又回到了镇政府工作。

说心里话，在乡镇文化站，要真正做好群众文化工作，一是要文化干部自身具备良好的业务素质，二要文化干部自身孜孜不倦地追求和奋斗。我在蒋堂镇工作了8年，行政上应该说也算出色，但我始终没有忘记自己是一个文化干部，平时也搞点儿小创作，我所编的快板段子深得人心，企业活动到处留影。

虽说当时的我已经真正踏上了从事群文的工作岗位，但还是觉得文化工作的开展有着很大的难度。后来我被任命为文化站长以及管理处主任等职，思想上确实出现了一些波动，一心想着弃文从政，"混"上一个行政领导的岗位，觉得只有这样才是功成名就，搞群众文化没有奔头。正当我一心一意想转行的时候，1999年4月，在一次关键的干部双向选择的会议上，我刚刚台上发言完毕，有人通知我，说文化局长（徐建国）来了。局长找到我，当着乡镇书记、镇长的面，说："你不要参加蒋堂的竞聘了，经局党组研究决定，准备把你调到罗埠镇文化站工作，这也是看重你的才华。"就这样，我继续了我的群文之路，我的群文工作又有了新的转机，也使我重新感受到群众文化工作带来的无限魅力。

1999年5月，我被正式调入罗埠镇文化站工作，任站长职务。与蒋堂不一样的是，罗埠文化站原本是区级站，一直以来群文工作开展得相对红火，而且拥有自己的剧院等场地设施。新的环境为我带来的压力有点儿大，但我没有被压倒，罗埠镇是我的新事业的开始。因为前几年罗埠文化站站长的岗位一直空缺，工作有所脱节，我现在是罗埠的第五任站长，完全可以遵循我自己的思路开展群文工作，这不正是我的工作机遇吗？我要重振罗埠的群文雄风，不辜负领导对我的期望。

抓好群文工作，首先要占领巩固自己的"阵地"，剧院就是文化站的办公场地。在毫无经费的情况下，我对文化站的内部、外部进行了大胆的整修，相继建立文艺团队。我从积极开展小型活动开始，极大地改变了文化站原本的面貌，扩大了对外的影响，先后获得市级、省级"东海文化明珠工程"称号（全区第二家）。我敢于把"戏文没的看，不算文化站；锣鼓总不响，难称好站长"的口号，永久性地悬挂剧院的门厅正中，时刻接受着群众的监督。当年主管我们文化站的县教文委主任王银福同志前来检查工作后，拉着我的手表扬我说："小戴同志，你到罗埠工作，开局良好，思路清晰，我这里可以直接拨你文化站3000块钱，作为奖励，这可是从来没有过的。"（见当年的合影）

在罗埠工作3年，小活动频繁，大活动有影响，其中反响较好的要数1999年的文艺会演、2000年全镇迎澳门回归大型文艺踩街活动、2001年与龙游、兰溪、金华三县四镇举办的第五届"瀫水之春"的联谊活动了。活动次次有翻新，年年在进步，规模一年大过一年，真正地发动了人民群众的参与热情，满足了人民群众的文化需求。第五届三县四镇共同举办的"瀫水之春"联谊活动，我们罗埠站是东道主，我开创了在室外搭台进行演出活动的先例，真正体现群众文化聚广场、与民共乐惠大众的宗旨，并且我亲自上台主持节目。表演自己创作的相声节目。这三年是我在罗埠开展群众文化工作最红火的三年，这三年我还注重挖掘罗埠镇的民间艺术项目——走马花灯，组织人员重新排练，翻新制作，项目曾两次参加金华市区举办的茶花节踩街活动。

/

群文漫路

　　2002年，经过局党组（其中两位副局长）的极力推荐，我被调到婺城区文化馆任副馆长，主要从事组织、指导城市社区的文艺活动。我为文艺团队创编了《万紫千红春满园》《远亲不如近邻好》等作品；面向农村则负责组织并做好"送文化"下乡演出工作。因为我的主持风格通俗易懂，贴近百姓，很受百姓的欢迎。2004年3月，为响应省委号召，各地要下派农村工作指导员到农村指导工作，我又被婺城区教育文化体育局派到省级重点工程——当时的九峰水库工作组（原岭上乡）工作。我在九峰水库工作组认真工作，且没有忘记运用我的曲艺特长，坚持搞创作宣传，创编了《九峰库水无限美》《库区移民天地新》等作品，均在水库简报上发表。下派一年期满，我被婺城区委区政府评为优秀农村工作指导员。后来，我个人又被落实到了长山乡文化站工作，任文化站站长兼石门管理处主任，一干又是7个月。2005年10月，局里又把我从长山乡调回婺城区，担任文化、图书馆两馆合并的副馆长。这一年我则拼命工作，一年内下乡"送文化"主持达86场。2006年4月，教体局又把我调到城西街道文化站工作，我在基层继续了我的群文事业，把城西的群文活动搞得有声有色，红红火火，年年召开街道运动会，九大社区活动接连不断。2006年，文化站又获得省级"东海文化明珠工程"称号（全区第三家）。2007年，城西街道被评为省级体育先进强街道（全区第一家）。

曲艺 后 记

伍

　　扪心自问，我在婺城区工作的20年，为婺城的群文群体事业是尽心尽责的，我曾经连续8年业务年终考核为优秀。记得那天坐在城西街道小花园社区文化站办公室里，无意间翻看到《金华日报》上的一则公开选拔的消息，于是我就报名了。2008年1月，我通过了金东区面向金华市公开选拔部分机关部门中层干部副职（文化馆副馆长）的职位考试，我又跨区调到了金东区文化馆工作，2008年7月8日，又有幸借用到省文化厅社文处工作了两个月。

　　现在回想起来，说实在话，我还真有些后悔。当时婺城区确也有领导（宣传部部长傅关福、文体副局长何海洋）和同事劝说我不要走，说我的根在婺城，语言相通，地缘相近等，可我当时想到"身份问题"，工资关系始终进不去婺城区文化馆，以及我原来在金华县园丁新村局里的租房等问题，还是决定前往金东区文化馆工作了。2014年，我毅然辞去了文化馆副馆长和非遗保护中心主任职务，主动要求下乡镇街道工作，最终经领导（郭文洁）协调，我于当年8月来到多湖街道办事处上班。

　　我成家后，老婆并非体制内，生活过得虽清贫倒也欢乐。当年，我租房在多湖街道牛皮塘王锡卫家里，又"蜗居"度过了十年。房东对我很好，他说的话我还记忆犹新，他说："房租给我'十年不动摇，百年不加价'。"我的生活压力和工作经历，所受的苦难折磨煎熬，其中滋味唯有自知。我能有这份工作真的来之不易，我是非常珍惜的，只有忘我工作，才能回报社会，对得起我的家庭和家人。

陆

/

　　多湖街道又是一个全新的环境，我本打算"与世无争"，老老实实，分配我做什么就做什么。但是我没有放弃我的曲艺爱好，经常创编一些小段子，满足不同层次的部门和文艺团队的演出需求。街道布置我的联系村工作，我也出色完成。我还常说一句话："给我平台，我就出彩。"两年后，我突然想到应该为多湖来句朗朗上口的宣传口号，由于自己的有心，"多姿多彩，多美多湖"，就创作出来了，街道还以此为微信群和公众号呢！直至2016年国家放开二孩政策，我又补上了四个"多"，即"多子多孙，多寿多福"。这就是曲艺的魅力，也为我在同事面前争了光。我开始除了联系一个村的工作，还做信访接待工作，后又从事劳动保障工作以及工会工作，办公地点从一楼搬到了三楼。我来多湖是从零起步的，慢慢又有了新的起色。

　　直到2016年，遇见了新来的童作勇书记，我的工作更加积极，也得心应手起来，无论是行政工作，还是群文工作，做得都是不错的。童书记的要求很严格，总是要争先创优，总是围绕争夺全面综合先进而努力。当时的工作氛围很好，他的工作成绩也确实实至名归。他年龄比我小五岁，但我打心眼里佩服他，服从他。当时有领

群文漫路

328

导说的"多湖铁军，是金东铁军的标杆"就是在他的带领下，实打实得来的荣誉。《争创文明金华人》《金都美地四字经》《点验》《社区居民公约》等，我的好多段子都是在多湖工作的时候所作。多湖每年都要举办大型群众文化活动，而且就在区政府门口的施光南广场上举办。平时在街道干部群和村社干部群里，我也经常发表观点，大家说我妙语连珠，四句八对，合辙押韵。由于工作认真负责，2018年4月，金东区委任命我为金东区总工会党组成员、副主席（挂职两年），我之后就有理由成为多湖街道办的"准"班子成员，分管诸多工作，文化、体育、教育、劳动保障、文旅、卫健、计生、工会，我还担任新城网格总支书记，兼上浮桥拆迁指挥部工作组一组组长、万达综合体文明城市创建组长。

记得2019年我刚刚接管卫健工作，工作压力很大，我真的有点儿垮了，但是我能用曲艺段子来调节我自己。再多再烦的工作，我没有忘记曲艺，创作了多部曲艺作品，后来我还被区委评为"抗疫尖兵"，时任区委书记李雄伟还送奖到岗呢！

我从2014年离开金东区文化馆到多湖街道工作后，由于工作也挺忙的，也就没去参加省曲协的换届活动。没承想，2018年金东区新任文联主席蒋苹找我谈话，叫我挑起区曲协主席的担子，最终拗不过，所以我一直承担着金东区曲协工作到现在。每年会员有新增、有晋级、有活动，我的工作完成得还算可以吧，特别是2018年曲协组织了创建文明城市巡回演出；2019年组织曲艺小分队走进全区十二个乡镇街道的农村居家养老服务中心和文化礼堂演出；2020年开办了流动的金华道情书场，组织快板、小锣书培训；2021年组织金华道情"唱"游婺江活动等；直至现在开办固定的"坡阳书堂"。2022年5月17日，省文联领导还来考察调研。

我一直没有忘记曲艺，一直从事着我钟爱的群众文化工作。

我在婺城工作20年、金东区文化馆工作6年、多湖街道工作6年，我又于2020年9月调离多湖，任金东新区开发建设中心党工委委员、党支部书记职务，成为区管干部序列。

　　新区开发建设中心就是以前的重点办，是刚刚成立的工程建筑类的事业单位，和我的专业"群众文化"宣传不对口，且单位中级职称职位又满额不能聘，以致我的月工资和原来（多湖享受是中级职称工资）相比少了近两千。我当时一边在上浮桥拆迁指挥部做征迁工作，一边追随童作勇书记，借用到江岭智造指挥部工作（2021年3月5日—9月4日）。我于2021年7月15日，向区委主要领导写信，要求辞去区管干部职务。结果还真巧，9月11日，消息来得突然，江岭智造指挥部工作专班居然宣布解散，抽调的人员各回原单位。9月14日，组织上也就遂我所愿，我再次回到了基层乡镇工作，掐指一算，这已经是我工作调动的第13个地方了。

　　但是，我对曲艺创作的初心，没因来路坎坷不平而改变；我对群文的担当使命，未因风雨飘摇而褪色。小锣书《艾青的由来》就是我在江岭指挥部空闲时候创编的。来岭下镇工作后，我也算"无官一身轻"吧，在做好联村工作同时，我还不忘金东区曲协工作，在浙中第一古街上开办了"坡阳书堂"，每逢岭下农历集市初三、六、九的上午9：30—11：00为《王婆说新闻》时段，下午1：30—3：00为《老朱唱道情》时段；每逢周日上午9：00—11：00为小锣书培训时段，下午1：00—3：00为快板培训时段。其间如遇初三、六、九市集活动依然进行，相互不冲突。我致力打造的"坡阳书堂"成为岭下人民乐此不疲的精神家园。

在岭下，一有空闲，我就创作曲艺，如男女道情《天下无毒万年青》、歌舞快板《清清廉廉迎虎年》、金华道情《虎年奇"疫"》、快板《中秋国庆说安全》等是来岭下镇时所作。《十劝朋友来禁毒》是2022年5月6日浙江省禁毒条例颁布实施之际，应金东公安禁毒大队稿约，在手机上创编的。由金东公安发布并上送省禁毒办，又于7月14日推送至"学习强国"。婺剧小戏《八仙赐福》，这个作品我个人觉得，既动员了岭下人参演宣传岭下事，又复盘了岭下镇各文旅景点，可以激发出人们爱国、爱党、爱岭下的情结，也提升了2022年刚刚成立的岭下镇文联和婺促会活动的水平。

曲艺，可以说，它成就了我，让我找到了从事制造快乐的工作。有时想想，如果没有曲艺，我还能做什么？如果没有这份工作，我何以生存？现在，我在岭下镇工作，挺好的！我来自基层，我适合基层，我无怨无悔！开心与不开心时候，我就自己关上门听听曲艺写段子。

"关关难过关关过，前路漫漫亦灿灿。"从孩提时的追求，到走上岗位的雄心勃勃；从面对困惑的徘徊无奈，到孤立无助时的冷

群文漫路

静思考。这就是我，一个从代课老师到乡镇文化干部，与基层群众文化（曲艺），走过的35年来的心路历程。

35年了，群文路漫漫，我还将会继续努力求索。真诚感谢一路上关心关注、帮助扶助过我的每一位领导、同事、朋友，以及理解支持我没日没夜工作的、我挚爱又愧对的家人！

2022年7月15日晚